Edith

Christine Bernauer-Keller

Edith

Erzählung

Bibliografische Information der Deutschen Nationalbibliothek
Die Deutsche Nationalbibliothek verzeichnet diese Publikation in der
Deutschen Nationalbibliografie; detaillierte bibliografische Daten sind
im Internet über http://dnb.d-nb.de abrufbar.

© 2012 Christine Bernauer-Keller
Foto Umschlagvorderseite: Christine Bernauer-Keller
Satz, Umschlaggestaltung, Herstellung und Verlag:
BoD – Books on Demand
ISBN 978-3-8448-9114-0

Irgendwie kam sie mit bekannt vor, die Frau, die an jenem verregneten Aprilnachmittag vor meiner Haustür stand, mit einem Blick und einer Ausstrahlung beinahe so grau, wie die dichte Wolkendecke, die das Tageslicht erbarmungslos verschluckte. Sie fragte mit leiser Stimme, ob ich der sei, den sie suche, und streckte mir ein kleines Veranstaltungsplakat entgegen, auf dem ich mein eigenes Foto sah. Ich bemerkte, dass ihre Hände zitterten, und da es noch immer in Strömen regnete, bat ich sie herein und bat sie sich zu setzen. Die Fremde, die sich mir noch immer nicht vorstellte, nahm eine Tasche von der Schulter, aus der sie eine dicke Mappe nahm, die sie mir, noch immer wortlos, hinschob. Dann holte sie tief Luft.

»Ich möchte, dass Sie daraus ein Buch machen.«

Ich sah sie verwundert an, einerseits wegen der ungewöhnlichen Bitte, andererseits wegen ihrer unerwarteten Direktheit.

»Geld spielt keine Rolle«, fügte sie schnell hinzu, »ich werde Ihre Arbeit angemessen bezahlen.«

Ich wurde das Gefühl nicht los, diese Stimme irgendwo schon einmal gehört zu haben. Doch ihr erwartungsvoller Blick ließ mir nicht die Zeit darüber nachzudenken.

»Was beinhalten Ihre Unterlagen denn?«, fragte ich vorsichtig.

»Es wird nicht schwierig für Sie sein«, erwiderte sie ohne auf meine Frage einzugehen. »Alles, was Sie an Informationen brauchen, finden Sie in dieser Mappe. Machen Sie eine Geschichte daraus und schreiben Sie sie für mich auf.« Mit diesen Worten erhob sich mein geheimnisvoller Gast und wandte sich zur Tür. Sie würde sich noch einmal bei mir melden. Dann jedoch würde sie bis zur Fertigstellung des Buches keinen Kontakt mehr zu mir haben. Ich möge es schreiben, wie ich es für richtig hielte, es sei ihr nur wichtig, dass es geschrieben werde und ganz besonders, dass es von *mir* geschrieben werde.

Verwirrt und sprachlos wartete ich auf weitere Erklärungen, die nicht kamen. Wieso sie ausgerechnet mich dazu auserkoren hatte ihre Geschichte zu schreiben, hätte ich sie gerne gefragt und wie lange ich dazu Zeit haben würde. Und schließlich wollte ich wissen, mit wem ich es eigentlich zu tun hatte. Ich fragte sie nach ihrem Namen.

»Sie finden alles was Sie brauchen in der Mappe«, sagte sie und ließ meine Frage ein weiteres Mal unbeantwortet. »Sie sind mir diese Geschichte schuldig.« Noch bevor ich etwas erwidern konnte, hatte sie die Tür hinter sich ins Schloss fallen lassen und war verschwunden.

Ich wusste, dass es nutzlos war ihr nachzulaufen und griff kopfschüttelnd nach der Mappe. Wem war ich etwas schuldig? Wem war ich eine Geschichte schuldig? Neugierig darauf, was mir mein seltsamer Gast hinterlassen hatte, untersuchte ich den Inhalt der Mappe. Das mysteriöse Erscheinen meiner Auftraggeberin hatte mich doch neugierig gemacht und Neugier gehörte zu meinem Beruf. In der Mappe befanden sich Manuskripte, lose Blätter, jeweils mit Datum versehen, eine Art Tagebuch, geschrieben über viele Jahre, wie sich beim schnellen Überfliegen herausstellte. Aber es war noch ein weiteres Tagebuch dabei, ein dickeres Heft, in einer anderen Handschrift geschrieben, als die losen Blätter, und über einen Zeitraum von ungefähr vier Jahren. Was ich auf die Schnelle nicht fand, war irgendeinen Hinweis auf meine Auftraggeberin, deren Namen, Anschrift oder eine Telefonnummer. Nur auf der Innenseite des dicken Heftes fand ich eine Widmung: *Für Edith.*

Eine Woche nach ihrem Besuch rief sie an. Ob ich mit dem Schreiben bereits begonnen hätte, wollte sie wissen. Ich verneinte und erklärte ihr, dass ich noch einiges mit ihr zu besprechen hätte und sie zu diesem Zweck gerne noch einmal treffen würde. Ob es ihr nicht wichtig sei, die Entstehung der Geschichte mit zu verfolgen. Sie solle doch in ihrem Sinne geschrieben werden, versuchte ich meine Bedenken zu formulieren. Doch ich irrte mich.

»Sie *wird* in meinem Sinne geschrieben sein«, hörte ich sie sagen. Die Vorfreude und das Warten darauf sei ein Teil der Geschichte, sei ein Teil ihres Lebens, erklärte sie. Ich hörte ein Knacken in der Leitung. Das Gespräch war beendet.

Wenige Tage danach erhielt ich mit der Post einen großzügigen Scheck, an welchen ein kleiner Zettel geheftet war auf dem stand: *Fangen Sie endlich an!* Da ich das Geld gut gebrauchen konnte, dachte ich, soll sie ihre Geschichte doch haben … lange würde ich dafür nicht brauchen. Doch auch in diesem Punkt sollte ich mich gewaltig irren.

Als die Geschichte endlich fertig war, hatte ich begriffen, was meine Auftraggeberin damals gemeint hatte.

* * *

Dies ist die Geschichte von Pauline.
Von Pauline und der Liebe.
Von Pauline und dem Leben.
Von Pauline und mir.
Dies ist Paulines Geschichte, die zu meiner Geschichte
geworden ist.

Dies ist meine Geschichte.

Mit sechzehn Jahren kannte Pauline alle großen Liebesfilme der Filmgeschichte. Bei jedem Film lachte und weinte, hoffte, liebte und litt sie, um am Ende für ihr Warten belohnt zu werden, denn schließlich fanden die Liebenden immer zueinander, schlossen sich glücklich in die Arme und schworen sich ewige Treue. Ein leidenschaftlicher Kuss und Schluss. Sie hatten sich gefunden, würden zusammenbleiben. Der Film war zu Ende.

Als Pauline den ersten Liebesfilm sah, der nicht die ersehnte Erfüllung brachte, der die Liebenden leiden ließ, der sie wieder trennte und Hoffnung und Sehnsucht zu tragischen Gefühlen machte, da wusste sie, dass es noch etwas anderes gab. Pauline entdeckte die Nichterfüllung. Das Suchen und das Warten, den Glauben an die wahre Liebe im Vertrauen darauf, dass sie kommen möge. Verliebt zu sein und es möglichst lange zu bleiben, auf die Erlösung zu warten, ihr entgegen zu träumen, sie heraus zu schieben, wieder näher kommen zu lassen, sich abzuwenden, um dann in fast unerträglicher Sehnsucht ihrer Erfüllung entgegen zu fiebern, auf der Woge des vollkommenen Glücks zu schweben, um es dann in einem innigen Kuss in sich zusammen brechen zu lassen, das wurde für Pauline zum einzig wahren Gefühl. Das Gefühl, für das es sich zu leben lohnte.

Noch schöner, als Filme anzuschauen, war für Pauline jedoch das Lesen von Liebesromanen, ließen diese doch viel mehr Raum zum eigenen Erleben und Träumen. Wie viel lebendiger zeigte sich die Liebe auf den hunderten von Seiten, die sie verschlang. Wie wunderbar war die Möglichkeit, sie mehrmals zu lesen, mehrmals zu erleben, immer intensiver, immer anders, so, wie es ihr gefiel, so, wie sie es lebendig werden ließ. Als Pauline das Haus kaum mehr verließ, begann ihre Mutter sich ernsthafte Sorgen zu machen. Pauline las ständig und überall. Sie las im Bus. Sie las während der Mahlzeiten. Sie las vor dem Schlafengehen und vor dem Aufstehen. Sie las eigentlich immer dann, wenn sie sich nicht gerade einen ihrer Lieblingsfilme anschaute, und meistens merkte sie noch nicht einmal, wenn ihre Mutter sie ansprach. Die Wände ihres Zimmers hatte sie mit Bildern von Liebespaaren und Zeitungsausschnitten von Liebesfilmen beklebt, nach denen sie überall suchte. Nicht selten glaubte Paulines Mutter Stimmen im Zimmer ihrer Tochter zu hören, obwohl sie sicher war, dass Pauline keinen Besuch hatte. Als sie die Tür öffnete und hinein sah, fand sie Pauline in einer eigenartigen Pose. Die Augen geschlossen, das Gesicht erwartungsvoll mit leicht geöffneten Lippen nach oben gerichtet, stand sie in der Mitte des Zimmers.

»So muss es sich anfühlen«, sagte sie zum Erstaunen ihrer Mutter, die aufgrund dieses seltsamen Verhaltens ihrer Tochter sehr beunruhigt war und beschloss einen Psychologen zu Rate zu ziehen.

Pauline fand den Psychologen sehr nett. Auch der Psychologe fand Pauline sehr nett und als Pauline sich bei der vierten Sitzung mit geschlossenen Augen und leicht geöffnetem Mund auf ihrem Stuhl zurück lehnte, küsste er sie. Daraufhin sah Pauline keinen Sinn mehr darin, ihn weiterhin aufzusuchen. Der Psychologe erklärte Paulines Mutter, dass er sich außer Stande fühle, ihre Tochter weiter zu behandeln. Pauline habe einen starken Drang, andere mit sich in die Tiefe zu reißen und stelle eine nicht zu unterschätzende Gefährdung für ihre Mitmenschen dar. Er riet, sie auf ein konfessionelles Mädchen-Internat zu schicken, was ihr vielleicht helfen könne, ihre inneren Abgründe kennen und kontrollieren zu lernen. Die Obhut einer Ordensschwester sei in diesem Falle das Beste.

Zwei Monate später wechselte Pauline die Schule.

* * *

Ich werde den Moment nie vergessen, als ich Pauline zum ersten Mal sah. Das heißt, eigentlich habe ich sie nicht gesehen, sondern vielmehr *gespürt*. Sie hat nicht angeklopft. Sie kam herein und sofort erfüllte irgendetwas den Raum, etwas, das ich noch nie zuvor wahrgenommen hatte. Sie stellte sich mir auch nicht vor. Sie setzte sich auf das freie Bett, sah mich an, lächelte und fragte: »Magst du Himbeerbonbons?« Dann begann sie mit der größten Selbstverständlichkeit Dutzende von kleinen Bildern und Zeitungsausschnitten, die sie von Zuhause mitgebracht hatte, an die Wände unseres nunmehr gemeinsamen Zimmers zu kleben. Sie hatte nicht gefragt, ob ich etwas dagegen hätte. Pauline fragte nie. Sie machte einfach das, was sie für richtig hielt. So beklebte sie die Wände und erzählte mir dabei begeistert von den glücklichen und unglücklichen Liebenden, die uns nun von den Wänden entgegen strahlten und nach kurzer

Zeit kannte auch ich alle Bilder und ihre Geschichten. Ich liebte es, wenn Pauline erzählte. Ihre Geschichten waren voller Leben, voller Gefühl und schon bald wartete und hoffte, trauerte und litt ich mit ihr und konnte es kaum erwarten, bis die Liebenden sich endlich in die Arme schließen und leidenschaftlich küssen durften. Die Geschichte war zu Ende und das Ende war gut. Doch ich mochte auch die anderen Geschichten. Die, deren Ende nicht gut war. Und weil das Ende nicht gut war, gingen die Geschichten weiter. Für uns gingen sie weiter. Die Sehnsucht der Liebenden verlieh unserer Phantasie Flügel. Ein endloses Aneinanderreihen romantischer Augenblicke, Gefühle, in denen wir uns mehr und mehr selbst verloren, bis uns schließlich vor Müdigkeit die Augen zufielen und wundervolle, lusterfüllte Träume die gemeinsam geknüpften Fäden ins Reich der inneren Bilder weiter strickten. An Vollmondnächten saßen wir am offenen Fenster, hielten uns an den Händen und schauten hinauf ins silbrige Licht des fernen Planeten. Wir malten uns aus, wie unser Traumprinz auszusehen hätte, der das süße Verlangen unserer eigenen mädchenhaften Sehnsüchte wecken sollte, und überließen uns in völliger Hingabe der Macht unserer Vorstellungskraft.

Pauline hatte mich geweckt. Sie hatte mich erweckt. Sie hatte etwas in mir lebendig werden lassen, das ich noch nie zuvor wahrgenommen hatte, von dem ich gar nicht wusste, dass es existierte. Für mich war Pauline zum leuchtenden Stern geworden, einem leuchtenden Stern, der vom Himmel gefallen war, hinein in dieses Zimmer, hinein in mein Leben, eigens für mich. Ich hatte angefangen zu leben. Dies jedenfalls war mein Gefühl.

Einmal, als wir wieder am offenen Fenster im Mondlicht saßen, Himbeerbonbons lutschten und hinauf in den weiten Himmel schauten, fragte ich Pauline: »Was würdest du tun, wenn du wüsstest, dein Traumprinz käme noch heute Nacht?«

Sie sah mich verwundert an. »Tun?... «, wiederholte sie und kicherte. »Ich würde hier sitzen bleiben. Ich würde gar nichts tun.«

Sie schien meine Überraschung über ihre Antwort bemerkt zu haben, nahm meine Hand und streichelte sie sanft. »Das Aufregende, Edith«, flüsterte sie, »das eigentlich Wesentliche, ist nicht das, was irgendwann einmal geschieht. Das einzig Wesentliche ist das *Warten* darauf, dass es geschieht«. Sie ließ meine Hand los und schaute wieder hinaus in die dunkle Nacht.

»Ich würde nichts tun«, bekräftigte sie noch einmal, »ich würde warten, warten und hoffen, dass es möglichst lange dauert.«

* * *

Die Wochen damals vergingen im Flug. Zweimal noch besuchte Pauline ihre Eltern, doch dann verbrachte sie die Wochenenden lieber im Internat. Auch Edith fuhr nicht mehr so oft nach Hause. Sie hatte begonnen Geigenunterricht zu nehmen und genoss die ruhigen Wochenenden im Internat, an denen sie ungestört auf ihrer Geige üben konnte. Ganz besonders aber genoss sie die Zeit mit Pauline. Wenn sie ihr beim Üben zuhörte, fiel alle Scheu von Edith ab und sie spürte, wie ein Strom des Glücks sie durchflutete. Eigentlich spielte sie nur für Pauline und obwohl sie ihr das nie gesagt hatte, hoffte sie doch, dass Pauline dies wissen, dies spüren möge. Die Musik war Ediths Möglichkeit ihre Geschichten zu erzählen, Geschichten, in denen sie lebendig wurde, in denen sie Pauline an die Hand nehmen und verzaubern wollte. Pauline hatte zugehört, immer, aber sie hatte nie etwas dazu gesagt. Trotzdem blieb Paulines bloße Anwesenheit für Edith Inspiration genug, um sich zu spüren und sich wahrzunehmen. Pauline war da, einfach nur da. Das war für Edith das Wichtigste und es war gut so.

Eines Abends, kurz nachdem Pauline aufs Internat gekommen war, klopfte es kurz und heftig. Die Zimmertür flog auf und die Oberin rauschte herein. Sie zog etwas aus ihrem Gewand und streckte es Pauline entgegen. »Was ... ist ... das?«

Pauline legte ihr Tagebuch zur Seite und setzte sich auf. »Das ist ein Bild aus einer Zeitschrift«, antwortete sie ruhig.

»Das sehe ich selbst!« Die Oberin war sehr aufgebracht. »Aber was hast du dazu zu sagen?«

Pauline zuckte mit den Schultern. »Was ich dazu zu sagen habe?« wiederholte sie. »Nichts, außer, dass ich das Bild sehr schön finde. Es ist aus einem meiner Lieblingsfilme.«

»Ist das alles, was du dazu zu sagen hast?« Die Stimme der Oberin hatte eine Schärfe, die ich noch nie zuvor bei ihr erlebt hatte. Ich fühlte, wie mein Herz immer heftiger schlug, die Spannung im Raum war erdrückend. Pauline hingegen blieb vollkommen ruhig und wies mit einer fast einladenden Handbewegung auf die Wände um uns herum. »Ich habe Dutzende von diesen Bildern gesammelt.«

Für Sekunden herrschte eine Stille, die ich noch nicht einmal mit meinem Atmen zu durchbrechen wagte. Auch die Oberin rührte sich nicht, während ihr Blick in unverhohlener Fassungslosigkeit langsam Paulines Hand folgte. Weitere Sekunden verstrichen, die lang wie Stunden waren. Die Oberin, noch immer regungslos, starrte ungläubig auf das, was sich ihr darbot: Poster, Filmausschnitte und andere Bilder, gesammelt von Pauline über Monate und Jahre, dicht an dicht beinahe jedes freie Stück der Wände bedeckend, ein buntes Kaleidoskop schmachtender, sich küssender, sich liebender Menschen. Pauline saß auf der Bettkante, abwartend, geduldig. Ihr Gesicht verriet nichts von dem, was sie in diesem Augenblick gedacht haben mochte. Schließlich brach die Oberin das beklemmende Schweigen. »Dies ist mir in all den Jahren hier an dieser Schule noch nicht vorgekommen«, stieß sie hervor und zu mir gewandt fügte sie hinzu: »Von dir, Edith, hätte ich mehr Vernunft erwartet!« Sie drehte sich um und verließ das Zimmer. »Das wird Konsequenzen haben«, hörte ich sie sagen, während sie die Tür hinter sich schloss.

Pauline und ich erhielten zur Strafe eine Woche lang Küchendienst und, was noch viel schlimmer war, einen Monat Hausarrest. Ich war fassungslos. Eine schlimmere Strafe konnte ich mir kaum vorstellen. Sicherlich würden auch meine Eltern davon erfahren, doch das war noch das geringste Übel.

»Du hast das Bild unter der Bank im Klassensaal vergessen, nicht wahr?«

» Martine wollte es sehen.«

»Weißt du, was Hausarrest bedeutet?« Paulines Gleichgültigkeit verwirrte mich. »Keinen Geigenunterricht, keine Spaziergänge, keinen Ausgang ... nichts!«

»Ja«, seufzte Pauline, »und nächste Woche wollten wir eigentlich ins Kino gehen und diesen wundervollen Film anschauen, von dem ich dir erzählt habe.« Bei diesen Worten hatten ihre Augen wieder jenen magischen, beinahe abgründigen Glanz, der von Anfang an auch mich in seinen Bann gezogen hatte.

»Ach Pauline!« Verstand sie wirklich nicht, worum es ging, oder wollte sie nicht verstehen. »Viel schlimmer ist, dass wir stattdessen jetzt Gemüse putzen und Kartoffeln schälen, Töpfe auskratzen und den Küchenboden aufwischen müssen. Es ist so demütigend, so schrecklich! Was werden die anderen von uns denken?«

Pauline nickte. »Fast wie bei Aschenputtel«, sagte sie, »die anderen amüsieren sich und wir müssen arbeiten.«

»Mir ist nicht zum Scherzen zumute, Pauline, ich finde es einfach...«, mir fehlten die Worte. Mir war zum Weinen zumute.

»Mach dir nichts draus, Edith. Aschenputtel«, sagte sie mit geheimnisvoller Miene, »Aschenputtel ist trotzdem auf den Ball gegangen und am Schluss hat die Liebe über alles gesiegt und sie hat ihren Prinzen bekommen!«

Als wir am nächsten Mittag nach dem Küchendienst unser Zimmer betraten, erlebten wir eine böse Überraschung: Die Wände des Zimmers waren vollkommen kahl. Nicht ein Bild war übrig geblieben. Alles war entfernt worden, nur noch ein paar schlecht gelöste Klebstoffspuren verrieten, dass dort etwas gehangen hatte. Mir stiegen die Tränen in die Augen. Monatelanges Sammeln war unwiederbringlich vernichtet, denn zweifelsohne waren alle Bilder sorgfältig entsorgt worden. Pauline sank schweigend auf ihr Bett und sagte kein Wort mehr, bis wir kurz darauf zur Oberin gerufen wurden, die hinter ihrem großen Schreibtisch saß und uns mit strengem Blick empfing.

»Warum haben Sie das getan?«, fragte Pauline, noch bevor die Oberin selbst etwas sagen konnte. »Was war an den Bildern so verwerflich?«

»Die Fragen hier stelle ich!« Die Oberin erhob sich von ihrem Stuhl und kam um ihren Schreibtisch herum. »Deine Mutter hatte offenbar recht, als sie von deiner unheilvollen Wirkung auf andere berichtete.« Nun sah sie mich mit unheilverkündendem Blick an, als sie weitersprach. »Schlimm an diesen schrecklichen Bildern ist, dass sie euch, und zwar beide, ablenken und auf dumme, wirklichkeitsfremde Gedanken bringen. Die Realität ist nicht die der Filme.«

»Aber Sie können sich nicht über uns beklagen«, entgegnete Pauline, »Edith und ich sind sehr gute Schülerinnen!«

»Ich weiß«, erwiderte die Oberin unerwartet sanft »und das soll auch genau so bleiben.«

»Auf den Bildern ist nichts Schlimmes zu sehen«, beharrte Pauline weiter. »Es geht nur um die Liebe, die Liebe, von der Sie selbst sagen, es sei das Einzige, wofür es zu leben lohnt!«

Die Oberin schwieg einen Augenblick bevor sie antwortete. »Es ist die Liebe zu unserem Herrn Jesus und zu Gott, um die wir uns bemühen müssen. Das, was du an jugendlichen Gefühlen für irgendwelche Filmschauspieler hegst, das ist nicht *wirklich* Liebe. Es sind vergängliche Gefühle, Gefühle, die kommen und die gehen. Ein neuer Film - eine neue Liebe ...« Sie schüttelte den Kopf, »nein, Pauline, das ist nicht das, was wovon ich spreche. Das ist nicht das Wahre.« Die Oberin sah Pauline mitleidig an. »Nur Gottes Liebe ist ewig, mein Kind. Nur Gottes Liebe hat Bestand. Nur diese lohnt es zu suchen, weil wir nur mit Gottes Liebe wirklich dauerhaft glücklich und erfüllt sein können. Wir alle suchen letztlich immer nur diese *eine* Liebe ... auch ich.« Sie setzte sich wieder hinter ihren Schreibtisch. »Ich habe deinen Eltern etwas versprochen. Ich stehe im Wort. Und nun geht und denkt darüber nach, was ich euch gesagt habe.«

Ich hätte Pauline gerne gefragt, was die Oberin mit ihren Worten gemeint hatte, aber Pauline verlor kein einziges Wort mehr über den Vorfall und so schwieg auch ich. Stattdessen schrieb sie noch eifriger als sonst in ihr Tagebuch. Ich weiß nicht, was sie schrieb, sie hat mir nie davon erzählt. Seite für Seite fülle sie mit ihrer kleinen feinen Schrift, gedankenverloren aufschauend, um, einer spontanen Eingebung folgend, den nächsten Gedanken eilig festzuhalten, bevor er vielleicht verloren gehen könnte. Wie gerne hätte ich an ihren Gedanken teilgehabt, wie gerne mit ihr darüber gesprochen. Ich beneidete Pauline um ihr Tagebuch, um alles was darin stand, und ich beneidete sogar das Tagebuch selbst, dem sie sich mit ihren Gedanken mehr widmete, als mir.

Eines Abends schließlich legte sie den Stift beiseite und sagte beinahe feierlich: »Wenn die Oberin Gott liebt, Gott, der doch so unerreichbar und so fern ist, dann muss sie dieses wunderbare Gefühl der quälenden Sehnsucht, dieses ungeduldige, alles verzehrende und doch so hoffnungsvolle Warten auf sein Kommen und die Erfüllung dieser Liebe, ebenfalls kennen.« Sie machte eine Pause und schaute mich triumphierend an. »Folglich«, fuhr sie mit ihren Ausführungen fort, »folglich empfindet die Oberin im Grunde nichts anderes, als wir auch. Schau Edith«, Pauline sprach langsam, als wollte sie sicher sein, dass ich auch wirklich alles verstand, »auch die Oberin hat ihr ganzes Leben der Liebe verschrieben, der Liebe zu Gott, den sie anbetet, den sie sucht und dem sie begegnen möchte. Mit dem sie eins sein will. Und doch bleibt dieses große Bedürfnis nach Erfüllung dieser einen Liebe ungestillt. Diese unerfüllte Sehnsucht nach Gott, dieses Suchen und Hinwenden, dieses Opfern und Warten, dieses Kasteien und Verzichten, dieses Bereuen und Versprechen, das bereitet ihr Lust und Freude. Das ist ihr Antrieb. Damit gibt sie ihrem Leben einen Sinn - durch die Lust des Suchens nach Gott.«

»Lust? Was meinst du mit *Lust?*« Ich hatte noch immer nicht begriffen, worauf sie hinaus wollte.

»Es geht um Gefühle, verstehst du? Um große Gefühle. Nicht mehr und nicht weniger. Ebenso, wie wir uns nach den großen Gefühlen und der großen Liebe sehnen, uns sehnen nach unserem Traumprinzen, dem wir nur in unseren Träumen begegnen können, ebenso sehnt sich die Oberin nach Gott. Und vermutlich begegnet sie ihm noch nicht einmal im Traum. Gott ist mindestens genauso unerreichbar wie unser Traumprinz. Sie liebt und hofft und wartet, ganz wie wir auch. Und ganz sicher genießt sie es auch, genauso wie wir.«

»Du bist verrückt«, rief ich. »So etwas darf man nicht sagen!«

»Warum nicht? Was ist daran so schlimm?« Pauline zuckte mit den Schultern und lachte, wurde aber sofort wieder ernst. »Die Oberin nannte es wirklichkeitsfremd. Doch was, Edith, ist an Gott wirklichkeitsnäher, als an unserem Traumprinzen. Was ist an der Liebe zu Gott wirklichkeitsnäher, als an der Liebe in unseren Träumen? Die Gefühle dabei sind letztlich die gleichen. Und Gefühle sind immer *wirklich*.« Sie lächelte versonnen vor sich hin, während sie weitersprach.

»Vielleicht ist die Oberin ja sogar eifersüchtig, dass Gott auch andere liebt ...«

Ich war aufgesprungen und lief erregt im Zimmer auf und ab. Paulines Gedanken waren ungeheuerlich. »Pauline, du weißt nicht, was du sagst. Das ist... das ist einfach .... Wahnsinn!«

»Oh doch, Edith, ich weiß sehr wohl was ich sage. Weiß du, es spielt nicht wirklich eine Rolle, wen man liebt. In den *Gefühlen* sind sich alle Liebenden gleich, im Schmerz wie in der Freude. Unsere Liebe ist ebenso unschuldig und vollkommen rein wie ihre. Das Entscheidende ist nicht, *wem* unsere Liebe gilt, sondern einzig und allein, *dass* wir lieben. Alle damit verbundenen Gefühle sind es, wofür es sich zu leben lohnt. Und damit hatte sie sogar Recht.«

Ich schaute Pauline ungläubig an und spürte, dass ich ihr nichts wirklich entgegnen konnte. Und doch wollte ich das Gesagte, das so ungeheuerlich in meinen Ohren klang, nicht unwidersprochen stehen lassen. »Und woher«, fragte ich, »woher willst du wissen, dass die Oberin nicht doch schon längst die Erfüllung ihrer Liebe gefunden hat, nicht vielleicht schon längst doch am Ziel ihrer Sehnsucht und ihrer Wünsche angekommen ist?«

Pauline schüttelte den Kopf und schwieg. Dann sah sie zu dem Kreuz, das über unserer Zimmertür hing und sagte: »Weil die Oberin dann nicht mehr so viel beten würde.«

* * *

Der Winter tobte mit heftigen Stürmen. Pauline und Edith hatten sehr viel studiert und das Internat in den zurückliegenden Wochen kaum verlassen. Edith übte Abend für Abend auf ihrer Geige und Pauline schrieb in ihr Tagebuch, das sie unter ihrem Kopfkissen sorgsam hütete. Nach wie vor liebte Edith die ruhigen Abendstunden in Paulines anregender und belebender Gegenwart. Und doch spürte sie, dass Pauline sich mehr und mehr zurückzog, zurück in ihr Tagebuch, zurück in die Welten, die sie dort vermutlich entstehen ließ. Statt der Bilder an den Wänden ihres Zimmers gab es nun wohl andere Bilder, Bilder, die Edith nicht kannte und nicht kennen lernen durfte, worüber sie sehr traurig war. Sie vermisste die gemeinsamen Träumereien und die vielen schönen Geschichten, die sie sich allabendlich erzählt hatten. Sie vermisste auch das Leuchten in Paulines Augen und die Augenblicke, wenn sie sich umarmt hielten, Himbeerbonbons lutschten und ein bislang fremdes Prickeln langsam von Ediths Zehenspitzen hinauf bis in ihre Haarwurzeln kroch und ihren Körper mit einer wohligen Wärme durchflutete. All das vermisste sie sehr schmerzlich, denn ohne Pauline vermochte sie nicht jenes Wohlbehagen in sich zu wecken. Sie brauchte Pauline. Sie brauchte Pauline wie die Luft zum atmen. Doch Pauline hatte sich zurückgezogen, weg von ihr, weit weg in ferne Welten, zu denen sie keinen Zugang mehr hatte. So jedenfalls empfand es Edith.

Pauline begegnete Edith zwar nach wie vor mit ihrer ansteckenden, immer ein wenig unverbindlich wirkenden Freundlichkeit, doch Edith litt trotzdem unter dem Verlust der inneren Nähe. Sie fühlte sich durch Paulines Rückzug von ihrer eigenen Lebendigkeit abgeschnitten, was umso dramatischer war, als sie diese überhaupt erst durch Pauline kennen gelernt hatte. Inbrünstig und mit ungekanntem Eifer suchte sie Trost bei ihrer Geige, was ihr damals zwar nicht wirklich half, dafür aber viele Jahre später umso mehr.

Ebenso eifrig und nicht minder hingebungsvoll schrieb Pauline weiter in ihr Tagebuch. Es schien, als sprudelten die Gedanken, die sie in ihrer kleinen, säuberlichen Handschrift niederschrieb, aus einer unerschöpflichen Quelle. Eine Quelle, aus der Edith nicht trinken durfte. Sie glaubte verdursten zu müssen.

Eines Abends sagte Pauline: »Edith, ich brauche einen Mann.«

Sie sagte es mit der gleichen Selbstverständlichkeit, mit der sie alles zu sagen pflegte. Sie sagte es so, als sagte sie, dass sie Hunger habe oder es gleich zu regnen beginnen würde. Sie stellte es ganz einfach fest.

»Du brauchst einen Mann?«, wiederholte ich und sah von meinem Buch auf. »Wie kommst du denn darauf? Wofür brauchst du denn einen Mann?«

»Ich brauche einen *richtigen* Mann, einen wirklichen Mann aus Fleisch und Blut.« Pauline legte ihre Hand auf meinen Arm. »Es ist soweit«, erklärte sie feierlich.

»Was ist soweit?« Ich klappte mein Buch zu und legte es zur Seite. »Du meinst einen echten Mann, einen zum *Anfassen?*«

Pauline schüttelte den Kopf. »Anfassen? Nein, nicht zum Anfassen, ... noch nicht.«

»Wozu denn dann?«

»Die Zeit der Bilder ist vorbei.«

»Aber«, ich verstand noch immer nicht, »wozu brauchst du einen Mann aus Fleisch und Blut, wenn du ihn gar nicht anfassen willst?«

Pauline schwieg einen Moment. »Wer sagt denn, dass ich es nicht *will?*« Wieder hielt sie inne. »Aber ich werde es nicht *tun*«, fuhr sie schließlich fort. »Hast du denn alles vergessen, Edith?«

Ich merkte, wie ich rot wurde. »Nein, das habe ich nicht«, stammelte ich, »aber ich dachte immer es gehe nur um Bilder ...«

»Ach Edith«, Pauline lachte, »liebste Edith, ich glaubte du würdest mich besser kennen.« Sie streichelte meine Wange und mit einem geheimnisvollen Leuchten in den Augen kramte sie in ihrer Tasche. »Schau her!« Sie zeigte auf die Ankündigung eines Konzerts mit einem der bekanntesten Chansonniers jener Zeit. »Samstagabend, Edith, kommst du mit?«

»Und wie, bitte schön, stellst du dir das vor? Wir können nicht einfach gerade so aus dem Haus spazieren und auf ein Konzert gehen. Das genehmigt sie uns nie, niemals, und zu allerletzt dir und mir!«

»Doch, das können wir. Hör zu!« Pauline hatte einen Plan. Der Plan war kühn, es war gefährlich und es konnte auch schiefgehen, das räumte sie auch ein. Aber ich war Teil ihres Plans. Ich gehörte dazu. Und wenngleich ich mir der Absurdität des Unternehmens bewusst war, zwang ich mich, meine Bedenken für mich zu behalten, um ihr gegenüber nicht als Spielverderber zu erscheinen. Also planten wir zusammen, wie wir es anstellen mussten, ungesehen aus dem Haus zu gelangen und auch unbemerkt wieder zurück in unser Zimmer. Ich war sehr erregt, und Gefühle der Angst wechselten sich ab mit Gefühlen der Freude, Angst vor dem gewagten Abenteuer und Freude darüber, als Paulines Verbündete ihr wieder ganz nah zu sein.

Das Wochenende kam nur langsam näher. Mit unerträglicher Zähigkeit reihte sich Tag an Tag und Stunde an Stunde. Ich war nervös und angespannt, Pauline hingegen ausgelassener und fröhlicher denn je. Dann endlich war er da, der Samstagabend.

Kurz nach dem Abendessen gelang es uns unbemerkt das Gebäude zu verlassen. Das Konzert war bis auf den letzten Platz ausverkauft. Vor dem Eingang fand Pauline jedoch jemanden, der uns seine beiden Eintrittskarten verkaufte. Es waren gute Plätze in der Mitte des großen Saals. Der Konzertbeginn verzögerte sich, ich weiß nicht mehr, warum. Als der Sänger und seine Band dann aber endlich auf der Bühne erschienen, erhob sich das Publikum, das zum größten Teil aus jungen Mädchen in unserem Alter bestand, und jubelte ihm begeistert zu. Auch ich war aufgestanden und schwenkte die Arme im Rhythmus der ersten Takte. Niemanden hielt es auf seinem Platz, denn der erste Hit war schon gleich einer seiner bekanntesten. In großer Erregung wippten die Mädchen auf und ab, winkend und schreiend, singend und klatschend, drängelnd und schiebend, denn jede wollte einen Blick auf den bekannten Publikumsliebling erhaschen, der mit seiner samtweichen Schmusestimme den ganzen Saal binnen so kurzer Zeit in Bewegung gebracht hatte. Einzig Pauline war sitzen geblieben.

Sie hatte die Hände in den Schoß gelegt und schien von allem unberührt. Wortlos und mit einem kaum wahrnehmbaren Lächeln sah sie mich an, als ich mich irgendwann völlig erschöpft auf meinen Platz sinken ließ. Nach und nach setzten sich alle wieder auf ihre Plätze und lauschten mit verklärtem Blick und roten Wangen den durchweg bekannten, melodischen Musikstücken. Eine Wolke schwärmerischer Phantasien schien den Raum zu erfüllen, Mädchenträume hundertfach, Mädchenträume, wie Pauline und ich sie kannten, prickelnd, erregend, erfüllend, zumindest damals und für dieses Alter. Ich war dabei, mitten drin, mitten unter Mädchen, die die gleichen Träume hatten. Ich fühlte mich mit ihnen verbunden, war eine von ihnen. Ich war überglücklich, dass Pauline mich mitgenommen hatte.

Ich wusste, ich hatte den Abend nur ihr zu verdanken. Ich fühlte mich lebendig, endlich wieder lebendig, und die erwartungsvolle Spannung im Saal sprang auf mich über und erfüllte mich mit bislang ungekannten, lustvollen Gefühlen. Da vorne stand ein Traumprinz, ein Traumprinz aus Fleisch und Blut, ein Traumprinz mit Haut und Haaren, ein Traumprinz zum Anfassen und doch für uns alle so unerreichbar weit weg. Die Bühne bildete ein unüberwindbares Hindernis auf dem Weg zum IHM, und keine der ausgestreckten Arme und Hände hatte es geschafft IHN zu berühren.

Dann plötzlich, als alle sich für einen Moment gesetzt hatten, erhob sich Pauline von ihrem Platz. Ihre große, schlanke Gestalt ragte aus dem Reihen der nun Sitzenden empor und ihr weißes Kleid leuchtete im Dunkel des Saales wie der helle Mond am Nachthimmel. Hinter ihr wurde verärgert getuschelt. Jemand zupfte sie am Kleid und bedeutete ihr, sie möge sich wieder hinsetzen. Doch Pauline rührte sich nicht. Sie stand mit auf dem Rücken gefalteten Händen und schaute zur Bühne. Auch ich zog an ihrem Unterarm. Warum war sie aufgestanden? Hinter uns waren Stimmen zu hören, Beschwerden wurden laut, Pauline nehme die Sicht, doch sie blieb stehen.

Dann bemerkte er Pauline.

Es war unmöglich sie zu übersehen. Aus dem Dunkel der Zuhörer heraus schaute sie ihn an und hielt seinen Blick mit ihrem fest. Als er wieder zu singen begann, war es, als sänge er das Lied nur für sie. Er sah sie an, streckte seinen Arm zu ihr aus und öffnete seine Hand, als wollte er sie ihr reichen. Einer der Scheinwerfer folgte dem Arm und hüllte Pauline, die wie eine überirdische Erscheinung geheimnisvoll lächelnd über allem zu schweben schien, in ein weißes, kreisförmiges Licht. Mit einer einladenden Geste winkte er sie zu sich auf die Bühne. Pauline schritt ohne zu Zögern, aber sehr sehr langsam, den Mittelgang entlang nach vorne auf die Bühne zu. Er reichte ihr eine Hand und zog sie mühelos zu sich herauf, wo er seinen Arm um sie legte und sie festhielt, bis der letzte Ton des Stückes im Raum verklungen war. Was für ein eingreifendes Bild, was für eine Stimmung! Es war, als sänge er nur für sie, nur für Pauline, die ihn ansah, mit einem Blick, geheimnisvoll und unergründlich, abwartend und doch voller verzehrendem Feuer. Da stand er, ein Traumprinz wie aus dem Bilderbuch, und Pauline stand an seiner Seite, fühlte seinen Arm um ihre Taille, fühlte seine Wärme und seinen Atem. Als er das Lied beendet hatte, nahm er ihre Hand, drückte sie und riss sie mit seiner nach oben, um sich mit Pauline gemeinsam vor der begeistert klatschenden Menge zu verbeugen. Als er sie nach ihrem Namen fragte, legte sie ihren Zeigefinger über ihre Lippen. Er schaute ihr tief in die Augen, sagte, sie sei ein wunderbares Mädchen, schob ihren Finger beiseite und küsste sie unter dem tosenden Beifall der Menge. Dann begleitete er sie an den Rand der Bühne, half ihr hinab und Pauline ging gemessenen Schrittes an ihren Platz zurück. Sie hatte es geschafft. Sie hatte dort oben gestanden. Sie allein hatte er unter Hunderten von Mädchen auf die Bühne geholt. Sie hatte er geküsst. Ein Traum, tausende Male geträumt, hatte sich erfüllt. Ich war sehr gespannt, was Pauline mir später erzählen würde. Alles wollte ich wissen, alles hören, alles mit ihr noch einmal erleben. Pauline setzte sich wieder auf ihren

Platz. Wortlos und mit unbewegtem Gesicht. Hinter uns wurde getuschelt. Als die Pause kam, ergriff sie mich am Arm und zog mich eilig aus dem Saal.

»Was soll das?«, rief ich verwirrt. »Willst du etwa schon gehen?«

Pauline knöpfte hastig ihre Jacke zu. »Die Musik gefällt mir nicht«, sagte sie schroff, »und außerdem ging alles viel zu schnell.«

»Viel zu schnell? *Was* ging viel zu schnell?«, keuchte ich, während ich hinter ihr her hastete. Meine gute Stimmung war wie weggeblasen ob Paulines ungewohnt barschem Ton. »Und was bitte meinst du mit *viel zu schnell*?«

Doch Pauline schwieg und eilte weiter. »Pauline, so hör doch«, keuchte ich und konnte kaum Schritt mit ihr halten, »du hast doch alles erreicht. Du warst der Star, der Star des Abends. Du hast es geschafft, dass er dich auf die Bühne geholt hat und zwar dich allein. Und er hat dich sogar geküsst! Davon haben alle anderen im Saal geträumt ...«

»Vergiss es, Edith«, schnaubte sie ohne stehen zu bleiben, »du verstehst es einfach nicht. Auf der Bühne war doch schon alles vorbei!« Und etwas ruhiger fügte sie hinzu: »Es ging einfach alles viel zu schnell ... Verstehst du denn nicht? Hast du denn nie verstanden, worum es wirklich geht?«

Ich war wie vor den Kopf geschlagen. Betreten und beschämt folgte ich ihr durch die noch offene Personaltür, durch die wir unbemerkt ins Haus gelangten. Ich hätte am liebsten geheult, wagte es aber nicht. Ich schämte mich vor Pauline, weil ich mich fühlte, als hätte ich unsere Ideen und unsere Träume verraten, ohne, dass ich es gemerkt hatte. Unwissend, naiv und dumm fühlte ich mich, klein und wie ein lästiger Schatten. Ich war Feuer und Flamme gewesen für ihren Plan zum Konzert zu gehen, heimlich und hinter dem Rücken der Oberin. Ein Abenteuer sollte es sein, so hatte ich es verstanden. Ich hatte keine Ahnung davon, was Pauline wirklich vorgehabt hatte. Und dann war ich wieder Feuer und Flamme gewesen für das, was sich auf der Bühne ereignet hatte, Feuer und Flamme für Pauline. Pauline aber war enttäuscht von mir. Ich war ihr eine schlechte Schülerin und vielleicht eine noch schlechtere Freundin. Ich schämte mich nicht nur für mein Unverständnis, sondern auch für die schönen Gefühle und für die Freude, die ich empfunden hatte an jenem Abend, die mir dann mit einem Mal nur noch kindisch und peinlich vorkamen.

Pauline verlor kein Wort mehr darüber und begann sofort in ihrem Tagebuch zu schreiben. Ich verkroch mich stillschweigend in mein Bett und versuchte nicht da zu sein.

* * *

Edith stürzte sich in den kommenden Wochen in die Arbeit für die Schule und den Geigenunterricht, womit sie versuchte, den nagenden Schmerz über ihre Enttäuschung nicht wahrnehmen zu müssen. Sie musste sich eingestehen, dass sie Pauline noch immer nicht wirklich verstand und befürchtete, was noch schlimmer war, sie nie wirklich verstehen zu können. In Paulines Augen versagt zu haben war eine Schmach, mit der sie nicht umzugehen wusste, insbesondere, da Pauline nie mehr über jenen Abend sprach und Edith es nicht wagte, sie noch einmal darauf anzusprechen. Alles Ungesagte blieb ungesagt zwischen ihnen stehen. Erklärungen würde sie bestenfalls in Paulines Tagebuch finden, ein Gedanke, den Edith aber sogleich wieder verwarf, fürchtete sie sich doch zu sehr davor, was sie auf den vielen dicht beschriebenen Seiten womöglich über sich selbst zu lesen finden könnte. Die Selbstzweifel, die Edith aus der Angst darüber erwuchsen, was Pauline in ihrer eigenen Enttäuschung über die unwürdige Freundin in ihr Tagebuch geschrieben haben könnte, machten ihre Seelenqualen noch größer, das Gefühl der Erniedrigung noch tiefer, das Herz ihr noch schwerer.

In gleichem Maße, wie die ungnädigen Zweifel in ihr fraßen, erschien Pauline ihr jedoch als immer stärker leuchtender Stern, dessen Strahlen Licht in ihr trauriges Dunkel bringen und ihre verletzte Seele vor der endgültigen Nacht retten konnten. Der Unvollkommenheit ihres Inneren überlassen zu sein, ängstigte Edith so sehr, dass sie in Paulines ständiger Nähe die einzige Möglichkeit sah, die Sümpfe der beschämenden Unwissenheit zu überwinden und ihre Lebendigkeit zu erfahren. In und von Paulines Licht zu leben wurde für Edith Wunsch und Ziel und Inhalt all ihrer Bestrebungen.

Pauline schien von alledem nichts zu merken und begegnete Edith zwar freundschaftlich, aber unverbindlich und zurückhaltend. Einerseits war Edith froh darüber, ermöglichte es ihr doch weiterhin ein unbeschwertes Zusammensein. Andererseits wünschte sie sich nichts mehr, als von Pauline wahrgenommen und beachtet zu werden, und sah in deren Gleichgültigkeit ein untrügliches Zeichen ihrer Bedeutungslosigkeit. Um in Paulines Leben den Platz zu bekommen, den sie selbst ihr in ihrem eigenen Herzen eingeräumt hatte, schenkte Edith ihr alles, was sie zu geben hatte: Sie schenkte Pauline ihre bewundernde und bedingungslose Liebe.

* * *

Der Winter war in jenem Jahr besonders kalt und lang gewesen und jeder sehnte sich nach der wärmenden Sonne des Frühlings. Pauline und ich hatten viel für die bevorstehenden Prüfungen am Schuljahrsende zu lernen und kaum Zeit, irgendeiner andern Beschäftigung nachzugehen. Ich nahm zum Ausgleich höchstens einmal meine Geige zur Hand und Pauline schrieb weiterhin jeden Abend in ihr Tagebuch. Dass sie mich nicht mehr ins Vertrauen zog, wie noch vor wenigen Monaten, als wir noch über alles, was uns bewegte, miteinander sprachen, wurde für mich mehr und mehr ein sicheres Zeichen ihrer Distanz zu mir. Die unerschütterliche Liebe, die ich ihr entgegenbrachte, schien bei weitem nicht die erhoffte Wirkung zu haben, und ich kam schließlich zu dem Schluss, dass ich Pauline nicht nur gleichgültig geworden war, sondern, dass sie mich im Grunde sogar verschmähte.

Doch ich sollte mich täuschten.

Als der erste sonnige Nachmittag im Mai das helle Grün der neu erwachten Natur zum Leuchten brachte, stand Pauline am Fenster und sah gedankenverloren hinaus. Wir hatten viel für die Schule zu arbeiten und sehr wenig freie Zeit, doch Pauline, von der frühsommerlichen Stimmung offenbar angesteckt, meinte ohne sich umsehen: »Die Natur bricht hervor«, und dann zu mir gewandt »... das Leben beginnt wieder ...« Sie kam zu meinem Schreibtisch, zog mich vom Stuhl hoch und lächelte geheimnisvoll. »Wir müssen hinaus, Edith, jetzt, sofort, ... das Leben ruft uns.«

Völlig überrascht ließ ich mich von ihr nach draußen ziehen, wo meine Verwirrung schnell einer unbeschreiblichen Freude wich, die kaum größer hätte sein können, schien dies doch ein Zeichen ihrer noch vorhandenen Freundschaft und Zuneigung zu sein, Gefühle, von denen ich glaubte, dass der lange dunkle Winter sie unwiderruflich erfroren hatte. Doch vielleicht waren sie ja nur eingefroren gewesen.

Wir zogen die Schuhe aus und rannten barfuß über die Wiesen, spürten das frische Gras unter den nackten Füßen, die warme Sonne im Gesicht. Schließlich ließ Pauline sich lachend und keuchend unter einen großen Baum fallen und blinzelte zwischen den Blättern hindurch ins unendliche Blau des Himmels. Die Sonne blendete und sie legte schützend eine Hand über die Augen. Mit der anderen Hand griff sie nach meiner und zog mich zu sich hinab. Ich lag neben ihr, überglücklich wie schon lange nicht mehr, dankbar die Sonne, die Natur, Paulines Nähe und die Einzigartigkeit des Augenblicks genießen zu dürfen, ein Augenblick, der niemals mehr hätte enden dürfen, ein Augenblick, den ich am liebsten zur Ewigkeit ausgedehnt hätte.

»Pauline«, flüsterte ich, als eine Woge der Seligkeit mich zu ertränken drohte. »Ich bin so glücklich, dass es dich gibt. Mein Leben wäre so leer ohne dich. Ich weiß wirklich nicht, was ich ohne dich täte.«

Pauline kicherte leise. »Irgendetwas anderes … vermutlich etwas viel Sinnvolleres, als mit mir barfuß durchs Gras zu laufen und morgen eine schlechte Klassenarbeit zu riskieren.«

»Ach Pauline«, seufzte ich, »das ist es ja, was ich an dir so liebe – all diese wunderbaren Dinge mit dir zu machen, die ich alleine niemals tun würde. Ich möchte so viel von dir lernen, aber …«, ich stockte, »ich verstehe dich manchmal einfach nicht, so sehr ich mich auch darum bemühe.«

Pauline schwieg eine Weile, bevor sie meine Hand losließ und sich aufsetzte. Sofort bereute ich meine Worte. Hatte ich unsere wundervolle Stimmung schon wieder zerstört?

»Mach die Augen zu«, sagte sie leise.

Ich schloss die Augen.

»Und jetzt sage mir: Was hörst du?«

»Ich höre Bienen summen und … Grillen, ja, Grillen überall in der Wiese.«

»Was noch?«

»Den Wind im Baum über uns.«

»Und … ?«

»Vogelgezwitscher.«

»Was riechst du?«

»Das frische Gras und die Blumen.«

»Was fühlst du?«

»Pauline... was tust du?«

Pauline legte einen Finger über meine Lippen. »Pscht, sag mir einfach, was du fühlst, Edith, nur das.«

Ich zögerte. »Ich fühle deine Hände auf meiner Stirn. Sie streichen an meinen Schläfen hinab und ...«

Pauline ließ ihre Finger an meinem Hals entlang bis auf meine Brust hinunter gleiten. Ich holte tief Luft und hielt den Atem an. Ich wollte etwas sagen, doch Pauline kam mir zuvor. »Sag jetzt nichts«, flüsterte sie und ließ ihre Hand langsam weiter über meinen Bauch, an den Schenkeln hinab bis zu den Zehenspitzen gleiten. Sanft knetete sie meine Füße, als sie leise weitersprach: »Jetzt stell dir vor dein Traumprinz stünde dort unten am Wegesrand, dort, wo die Schlüsselblumen blühen. Du weißt doch, unser strahlender Ritter... Kannst du ihn sehen?«

Ich nickte zögernd.

»Jetzt kommt er herauf über die Wiese... ganz langsam... er kommt jetzt ganz langsam in deine Richtung... Was hat er an, Edith? Schau ihn dir an!« Pauline massierte weiter sanft meine Füße.

»Er trägt ein weißes Hemd«, hörte ich mich sagen, »ein weißes Hemd und eine Jeans und er ist ... blond.«

»Weiter, sprich weiter!«

»Er... er hat wunderschöne Augen, blaue Augen. Und er hat schlanke, lange Hände ...«

»Was tun diese Hände, Edith? Was fühlst du?«

»Ich kann es nicht beschreiben ...«

»Was wünschst du dir?«

» ...ich weiß es nicht ... ich weiß nicht was ich mir wünsche ...«

»Worauf wartest du, Edith? Was soll geschehen? ... Soll er wieder gehen?«

Langsam strichen Paulines Hände wieder nach oben über meine Beine und meinen Bauch bis zu meiner Brust. Ein prickelnder Schauer durchlief meinen Körper und ich stöhnte auf. Mein Herz pochte bis zum Hals, aber ich wagte nicht, mich zu bewegen. »Nein, ... nein, er soll nicht gehen! Sag ihm, dass er nicht gehen soll!«

»Sag du es ihm.«

Eine Spannung hatte meinen gesamten Körper ergriffen, eine Spannung, eher einem Schwindel gleich, von dem ich nicht wusste, wohin er mich reißen würde. Mein Körper fühlte sich eigentümlich fremd an, getrennt von mir, taub und doch durchströmt von einer Welle vertrauter, jedoch ungewöhnlich heftiger Regungen. Durch das dünne Kleid spürte ich Hände auf meinen Brüsten liegen, Hände, denen sich mein Körper entgegen reckte, unsicher und doch erwartungsvoll, vorsichtig und doch voll Neugier. Ein neues, ungekanntes Verlangen wurde laut in mir und rief nach einer ebenso ungekannten Erfüllung. Das Verlangen nach Berührung, der brennende Wunsch, die Hände auf meinen Brüsten mögen wandern, kreisen, sich bewegen, irgend etwas *tun,* wurde zu einer herrlich schmerzenden Lust, die vergehen und doch nicht vergehen, sich lösen und doch niemals enden sollte. In meiner größten Verwirrung öffnete ich die Augen. Alles um mich herum schien unendlich weit weg, mein suchender Blick verlor sich im tiefen Blau des Himmels über mir. Mein Körper, der sich erstmals von mir losgesagt, erstmals verselbständigt hatte, schien mir nicht mehr zu gehören. Ich spürte die warme Sonne, hörte das

Rascheln der Blätter und wartete, ohne genau zu wissen auf was. Der Traumprinz im weißen Hemd war schon längst verschwunden. Pauline streichelte zärtlich meine glühenden Wangen und legte ein paar Gänseblümchen auf mein Haar. Sie saß neben mir und lächelte mich an. »Wie fühlst du dich?«

»Was ist geschehen?«, murmelte ich noch immer leicht benommen.

»Nichts«, entgegnete Pauline heiter, »eigentlich gar nichts.«

Ich holte tief Luft, setzte mich langsam auf und rückte neben Pauline in den Schatten des Baumes. Eine Weile sagte keiner etwas.

»Es war, als müsste irgendetwas passieren, … irgendetwas kommen …«, flüsterte ich und hoffte von Pauline die Antwort auf meine Fragen zu bekommen.

» … und was sollte kommen?«

»Ich … ich weiß es nicht.« Ich schüttelte den Kopf. »Vielleicht einfach nur … *mehr*, mehr von diesem besonderen Gefühl.«

»Hättest du dir das gewünscht?«

»Ja …«, musste ich gestehen, »ab einem bestimmten Moment schon. Aber … aber ich hatte auch Angst davor.«

»Wunderbar!« Pauline strahlte übers ganze Gesicht. »So muss es sein, Edith, genau so! Ich glaube, ein bisschen Unsicherheit und Angst gehören immer dazu. Das macht es noch spannender!«

»Was meinst du mit *so muss es sein*? … Was ist *es*?«

»Na ja, genau so, wie du es eben erlebt hast, so sollte es sein. Du hast deinen Traumprinzen vor Augen - wirklich oder nicht wirklich - und wünschst dir nichts mehr, als mit ihm zusammen zu sein. Du sehnst dich nach seinen Händen, seinen Berührungen, mehr und mehr und überall auf deinem Körper ... und dann ...« Pauline seufzte. »Nur schade, dass du die Augen aufgemacht hast. Zu schnell, liebste Edith und viel zu früh. Jetzt erfahren wir nicht, wie deine Geschichte weiterging.« Sie lehnte sich zurück und schloss nun selbst die Augen. »Ich wüsste schon wie!«

Edith sagte nichts. Sie konnte nichts sagen. Leise Verzweiflung beschlich sie, Verzweiflung und Scham und das entsetzliche Gefühl, in Paulines Augen schon wieder etwas falsch gemacht zu haben. Die einstigen Bilder und Filmausschnitte an den Wänden ihres Zimmers fielen ihr ein und wie vertraut und nah sie sich gewesen waren in jener Anfangszeit. Auch damals hatte Pauline sie berührt, wenn sie die eine oder andere Liebesszene nachgespielt hatten. Die Hoffnung, es würde eines Tages wieder genau so sein, hatte sie niemals wirklich aufgegeben. Doch all das lag eine Ewigkeit zurück. Eine unüberwindbare Ewigkeit, eine dramatische Ewigkeit, die für wenige täuschende Augenblicke zusammengeschmolzen war im Hier und Jetzt, um sich dann wieder gnadenlos auszudehnen und das Vertraute, das Nahe, in die Vergangenheit der Anfangszeit zurück zu drängen. Was heute geschehen war, war anders gewesen. Nicht vergleichbar. Es war etwas geschehen, das sie selbst noch nicht in seiner ganzen Tiefe erfasst hatte. Sie wusste nur eines sicher: Es konnte zwischen ihnen nie mehr so sein, wie es einmal gewesen war.

»Ich auch«, log ich, um Pauline kein zweites Mal zu enttäuschen. »Ich wüsste auch, wie es hätte weitergehen können …« Und dann begann ich zu schluchzen. Unaufhaltbare Tränen der Scham, der Ängste, der Verzweiflung strömten aus mir heraus, ein haltloses Weinen um mich, um Pauline, um unsere Freundschaft und das, was ich glaubte, was davon noch übrig war. »Pauline«, ich konnte kaum reden, »Pauline, … ich weiß einfach nicht, was ich ohne dich täte, … ich glaube, ich lieb …«

Pauline legte wieder ihren Finger auf meine Lippen und küsste mich sachte auf die tränenüberströmte Wange. »Sprich es nicht aus… Ausgesprochenes ist wie Erfüllung, ist wie ein Ende. Freu dich einfach aufs nächste Mal!« Erwartungsvoll schaute sie mir in die Augen. »Ich wusste, du würdest irgendwann verstehen und ich glaube, heute hast du wirklich etwas verstanden. Sag, ist es nicht wunderbar, dieses Gefühl, das nach mehr und mehr ruft, bis du dich verzehrst vor Lust und Verlangen?«

Paulines Augen leuchteten und es schien, als wollte sie die Welt umarmen, als sie sich erhob und mit ausgebreiteten Armen im Kreis drehte. »Das ist Leben Edith, pures, wunderbares, volles Leben! Komm, lass uns noch ein Stück in diese Richtung weitergehen, vielleicht entdecken wir noch ein anderes lauschiges Plätzchen… man weiß ja nie, wozu das gut sein kann.« Mit verschwörerischer Miene hakte sie sich bei mir ein und wir schlenderten über die frühsommerliche Blumenwiese, schwelgten wie früher in bunten Träumereien, ließen die Gedanken fliegen und gaben uns der einzigartigen Stimmung dieses ungewöhnlichen, schönen, warmen Nachmittages hin.

Doch dieser Nachmittag hatte nicht ganz die Wirkung gehabt, die Pauline vermutlich beabsichtigt hatte. Von dem, was er aber tatsächlich bewirkt hatte, ahnte sie nichts. Und das sollte auch lange Zeit so bleiben.

* * *

Das traditionelle Sommerfest der Schule bildete jedes Jahr den feierlichen Abschluss am Ende eines jeden Schuljahres. In jenem Jahr stand das Fest unter dem Motto »Die griechische Antike« und wie immer würde der weitläufige Garten des Internats zu diesem Zweck entsprechend aufwändig hergerichtet und geschmückt sein. Es sollte eine große Freilichtbühne errichtet werden, auf der das umfangreiche Programm, an dem die Schülerinnen wochenlang mit viel Fleiß arbeiteten, den Eltern und Verwandten, aber auch den Vertretern der Politik und der Presse sowie den Mitgliedern des Ordens, dargeboten werden. Edith hatte sich bei der Musikgruppe eingetragen und studierte mit einem kleinen Ensemble die musikalische Umrahmung des Tages ein. Pauline hatte sich dazu entschieden bei der Theatergruppe mitzuspielen, bei der dringend noch Mitwirkende gesucht worden waren. Die Leiterin der Theatergruppe, Mme Charrière, stellte verschiedene griechische Mythen zur Wahl. Das Drehbuch sollte selbst erarbeitet und dann als Theaterstück von der Gruppe umgesetzt werden. Da die Mädchen sich jedoch nicht einigen konnten, entschied Mme Charrière für »Orpheus und Euridyke«, was ihr

Lieblingsmythos war, wie sie sagte. Die Mädchen waren enttäuscht. Strahlende Götter und Göttinnen auf dem Olymp hätten ihnen besser gefallen, als Orpheus in der Unterwelt. So war es auch nicht weiter verwunderlich, dass keine von ihnen die traurige Rolle der Euridyke übernehmen wollte, deren Schicksal aufgrund Orpheus' Versagen so tragisch endete. Keine wollte Euridyke sein, keine, außer Pauline.

Erleichtert darüber teilten die Schülerinnen die verbleibenden Rollen unter sich auf, wobei allerdings auch keine die Rolle des Orpheus, der eigentlichen Hauptperson des Stücks, übernehmen wollte. Pauline sagte, sie könne die Euridyke überhaupt nur dann überzeugend spielen, wenn Orpheus von einem Mann dargestellt würde. Obwohl Mme Charrière große Vorbehalte gegen diese Idee hatte, willigte sie schließlich ein und es wurde nach einem geeigneten Mann gesucht. Doch es gab keine Männer im Haus und außer dem ausländischen Koch, der für diese Rolle aufgrund seiner sprachlichen Unzulänglichkeiten nicht geeignet war, kam niemand in Frage. In ihrer Not, denn die Zeit wurde knapp und das alljährliche Theaterstück, das immer der Höhepunkt der Darbietungen war, sollte auch diesmal gelingen, schlug Mme Charrière ihren Neffen vor, der gefragt und schon wenige Tage später der Theatergruppe vorgestellt wurde. Die Mädchen waren sofort begeistert und der gutaussehende junge Mann beflügelte den Ehrgeiz der Mädchen auf unübersehbare Weise. Sie umschwirrten ihn wie ein Dutzend aufgeregter Schmetterlinge und Mme Charrière hatte große Mühe dem Einstudieren des Stückes die nötige Disziplin zu verschaffen, nicht zuletzt, weil auch ihr Neffe sich in seiner neuen Rolle sehr gut zu gefallen schien. Die einzige, die davon unberührt blieb, war Pauline. Sie kannte ihren Text schon nach kürzester Zeit lückenlos auswendig und hielt sich während der gemeinsamen Proben stets im Hintergrund. Doch der Schein war trügerisch, denn unter ihrem Schleier, auf den sie von Anfang an bestanden hatte und den sie bei jeder der Proben die ganze Zeit über trug, beobachtete sie Orpheus im Kreise der ihn umschwärmenden Nymphen, von denen eine kindischer war als die andere, wie sie abends Edith berichtete.

In einer Pause während der abendlichen Proben, rückte Orpheus näher an Pauline heran, zupfte an ihrem Schleier und fragte: »Ich wüsste zu gerne, wer sich hinter diesem Schleier verbirgt?«

»Ich bin Euridyke«, raunte Pauline, »wer sollte ich denn sonst sein?«

Orpheus lachte. »Schon gut, schon gut. Aber ... darf Orpheus seine Euridyke denn nicht sehen? Immerhin bist du meine Geliebte, und das schon seit Jahrtausenden!«

Mit herausforderndem Blick musterte er die Umrisse des Gesichts, das sich unter dem Schleier schemenhaft abzeichnete.

»Wenn der Augenblick gekommen ist, wirst du schon sehen, was du sehen möchtest«, antwortete Pauline mit leiser Stimme und erhob sich, denn die Probe ging weiter.

Doch Orpheus war nicht der Einzige, der sich darüber wunderte, dass Euridyke den Schleier nicht ablegte. Alle wunderten sich, sagten aber nichts dazu, denn jeder war froh, dass Pauline diese Rolle übernommen hatte und überdies verlieh das Tragen des Schleiers dem Stück etwas so Geheimnisvolles, dass sich selbst Mme Charrière dem eigentümlichen Zauber, der davon ausging, nicht entziehen konnte und es als künstlerische Interpretation von Pauline akzeptiert hatte. Sie sah den tiefen symbolischen Gehalt des Mythos dadurch besonders unterstrichen und ließ Pauline gewähren, denn sie spielte ihre Rolle wunderbar. Wunderbar und hingebungsvoll, so hingebungsvoll, dass man beinahe geneigt war zu glauben, sie spiele die Euridyke nicht nur, sondern sei sie gar selbst und wahrhaftig. Wenn sie an Orpheus' Brust lag und ihm ewige Liebe schwor, schien der Himmel voller Geigen und wenn sie Orpheus versprach ihm zu folgen, wohin auch immer er ginge, erfüllte ein mitfühlendes Seufzen den Raum, und die anderen Mädchen verfolgten mit begeisterten Blicken das perfekte Spiel der beiden Liebenden auf der Bühne. Pauline hatte Euridyke zum Leben erweckt und Orpheus, der selbst über genügend schauspielerisches Talent verfügte, um sich ebenso inbrünstig auf diese Rolle einzulassen, spielte auch ebenso überzeugend wie seine verschleierte Partnerin. Mme Charrière, die ihren Neffen nach jeder Probe ebenso schnell wieder aus dem Internat hinausgeleitete, wie sie ihn hereinbrachte, ahnte jedoch nichts von dem, was sich tatsächlich abzuspielen begann, hinter dem Schleier, trotz des Schleiers oder vielleicht auch gerade wegen des Schleiers, verborgen vor ihren Blicken und denen der anderen.

Einzig Edith, der Pauline allabendlich von den Proben erzählte, ahnte die eigentliche Dramatik, die sich abzuzeichnen begann. Im Unklaren darüber, in wie weit

Pauline Spiel und Wirklichkeit noch trennen, überhaupt noch getrennt wahrnehmen *konnte,* verfolgte Edith jeden von Paulines Berichten mit größter Aufmerksamkeit und ehrlicher Bewunderung, aber auch mit wachsender Unruhe und schleichender Eifersucht, denn Pauline schien in solch wundersamer Weise erfüllt von ihrer Rolle, dass Edith sich durch Orpheus mehr und mehr aus Paulines Gedanken verdrängt fühlte. Sie bereute es, nicht auch der Theatergruppe beigetreten zu sein, wäre ihr doch damit wenigstens ein Platz in Paulines Nähe sicher gewesen und darüber hinaus die Möglichkeit, alles selbst miterleben zu können.

»Ach Edith«, schwärmte Pauline, »du müsstest seine Augen sehen, wenn er versucht, hinter dem Schleier irgend etwas zu erkennen.« Sie sprang auf und zog den Schleier aus dem Schrank. »Hier!« Sie streckte ihn mir entgegen. »Lass mal sehen, was man darunter überhaupt erkennen kann.«

Ich zögerte, aber ich wollte ihr den Wunsch nicht abschlagen und hängte mir den Schleier über.

»Jetzt schau mich an.« Pauline versuchte meine Augen unter dem Schleier zu finden, konnte aber außer der Nase, die sich durch den feinen Stoff abzeichnete, nichts erkennen. »Nichts … man kann überhaupt nichts erkennen. Er weiß noch nicht einmal, welche Haarfarbe ich habe«, stellte sie befriedigt fest.

»Wie lange möchtest du dieses Versteckspiel noch weiterspielen?«, fragte ich. »Gibt es denn in dem ganzen Stück keinen Kuss oder sonst eine Szene, bei der du den Schleier zumindest anheben musst?«

»Nein«, seufzte Pauline, »das hat Mme Charrière leider alles letzte Woche ganz unerwartet aus dem Stück herausgestrichen. Sie sagt, wir spielten schließlich keine Liebesgeschichte, sondern es gehe um die mythologischen Inhalte. Dazu könne man auf Liebesszenen verzichten.«

»Schade …«, bedauerte ich. »Aber ... gefällt er dir denn eigentlich, dein Orpheus?«

»Ja, und wie!«, lachte Pauline und machte ein geheimnisvolles Gesicht. »Du müsstest ihn sehen, Edith! Er sieht umwerfend aus. Er hat eine griechische Nase und kurzes gelocktes Haar, als sei er für diese Rolle gemacht. Er ist einfach göttlich!« Pauline seufzte wieder. »Zu schade, dass die Szenen, in denen man sich ein bisschen näher kommen könnte, gestrichen worden sind.« Sie lief im Zimmer ein paar Mal auf und ab und schien über etwas nachzudenken. Dann blieb sie ruckartig vor mir stehen. »Ich habe eine Idee!«, verkündete sie. »Orpheus und Euridyke sind nun mal ein Liebespaar und das soll man doch auch sehen, oder nicht?« Sie lächelte verschwörerisch und wieder einmal hatte ich das beklemmende Gefühl, dass ich ihr nicht folgen konnte.

»Wie meinst du das?«, fragte ich zögernd. »Alle Mädchen beneiden dich um diese Rolle, aber keine versteht, weshalb du dich hinter diesem Schleier versteckst.« Ich zog ihn vom Kopf, reichte ihn ihr zurück.

»Nein, sie beneiden mich nicht um die Rolle an sich. Die wollte ja keiner haben. Sie beneiden mich nur um Orpheus. Sie schwirren noch immer jedesmal um ihn herum, wie ein Schwarm wild gewordener Bienen.« Pauline kicherte. »Aber inzwischen interessiert er sich überhaupt nicht mehr für sie, sondern nur noch dafür, wer unter diesem Schleier steckt, und zwar von Mal zu Mal mehr!« Wieder kicherte sie vergnügt.

»Und wirst du dich ihm zeigen? … Was willst du denn eigentlich erreichen?«

»Erreichen?« Pauline faltete den Schleier andächtig zusammen. »Im Moment möchte ich überhaupt nichts *erreichen*. Es ist einfach wunderbar so, wie es ist. Es ist wunderbar, seine Blicke auf mir ruhen zu fühlen, seine neugierigen Augen voller Fragen, seine wachsende Ungeduld, seine Versuche, hinter dem Schleier irgendetwas zu finden und seine unbändige Lust, ihn mir vom Kopf zu ziehen.«

Sie schloss die Augen, holte tief Luft und atmete geräuschvoll langsam aus. »Und dabei stelle *ich* mir vor, wie seine weichen, vollen Lippen sich auf meine legen, sanft, fast ohne Druck, der Hauch eines Kusses, wie zwei Wolken, die sich streifen, fast zufällig, beiläufig und … so vergänglich.« Ein tiefes, wonnevolles Seufzen entrang sich ihrer Brust und sie öffnete die Augen. »Das ist es, was ich will«, flüsterte sie, »und, dass es möglichst lange so bleibt.«

Ich spürte, wie mir die Tränen in die Augen stiegen, wandte den Kopf ab und sah aus dem Fenster in die tiefe Nacht hinaus. Pauline ergriff meine Hände und drückte sie. »Du müsstest ihn sehen, Edith, seine Augen, seinen Mund, diesen Blick, den ich dir kaum beschreiben kann …«

Ich schüttelte wortlos den Kopf und schaute zu Boden, um Paulines Blick nicht begegnen zu müssen.

»Du weinst ja!« Sie sah mich überrascht an, betroffen, fast entsetzt. Sollte es tatsächlich so sein, dass auch

Pauline mich einmal nicht verstand? Für einen kurzen Augenblick sagte keiner ein Wort. Dann sprang sie auf und rief: »Ich habe noch eine Idee! Edith, ich habe eine glänzende Idee!«

Hätte ich damals geahnt, wohin diese Idee führen sollte, ich hätte niemals zugestimmt. Hätte ich geahnt, wohin meine Liebe zu Pauline mich führen sollte, hätte ich das Internat verlassen müssen. Alles hätte anders laufen können. Mein ganzes Leben. Aber mit Pauline hatte mein Leben eine Wendung genommen, von der es kein Zurück mehr gab. Pauline wurde zu einem Teil meines Lebens und meines Schicksals.

»Du sollst ihn sehen. Aber du sollst ihn *so* sehen, wie ich ihn sehe, und vor allem sollst du ihn auch so *erleben*, wie ich ihn erlebe.« Sie zog mich vom Stuhl, wischte mir die Tränen aus den Augen und schlang die Arme um mich. »Morgen«, rief sie begeistert, »morgen bist *du* Euridyke!«

Pauline genoss die angenehm warme Luft des Abends und lehnte sich entspannt auf der Bank zurück. Viele Zimmer des Internats waren trotz der fortgeschrittenen Stunde noch hell erleuchtet, überall wurde für das bevorstehende Sommerfest geprobt, manchmal sogar bis in die Nacht hinein. Der Garten hingegen lag in vollkommener Stille. Pauline liebte diese ungestörte Ruhe und lauschte dem gleichmäßigen Plätschern des alten Springbrunnens, der den Mittelpunkt der weitläufigen Gartenanlage bildete. Von hier aus hatte sie einen sehr guten Blick auf die Seitentür im Westflügel, die sie nicht aus den Augen ließ. Sie sah auf die Uhr. Gleich musste er kommen. Sie strich sich noch einmal durchs Haar und setzte sich wieder aufrecht hin, als sie auch schon Schritte auf dem Kiesweg vernahm, die sich in ihre Richtung bewegten.

In Gedanken versunken trat Orpheus an den Brunnen, streifte sein Hemd ab und tauchte die Arme in das kühle Wasser. Dabei seufzte er genüsslich und benetzte auch Gesicht und Hals. In den Räumen war es jetzt oft schwül und drückend und das klare Wasser des Brunnens war wohltuend und erfrischend. Pauline sah ihm zu, wie seine große schlanke Gestalt sich über den Brunnen beugte und als er sich langsam wieder aufrichtete, rann das Wasser an seiner kräftigen Brust hinab. Er atmete noch einmal tief durch und griff nach seinem Hemd, als sein Blick auf Pauline fiel, die, halb verdeckt von einem üppigen Strauch, noch immer still auf der Bank saß und ihm lächelnd zusah. Orpheus erschrak und trat einen Schritt zurück. »Wer bist du?«, fragte er, als er sich wieder gefasst hatte.

Pauline erhob sich und trat langsam zu ihm an den Brunnen. Ein weißes, leichtes Kleid umfloss ihren Körper und in ihrem offenen langen Haar spielte der Wind.

»Eine Nymphe, die in diesem Brunnen wohnt«, flüsterte sie.

Orpheus sah sie ungläubig an. »Ich habe dich hier noch nie gesehen.« Er trat einen Schritt auf sie zu, doch Pauline wich zurück. »Was hast du? ... Wer bist du? Wer bist du wirklich?«

»Nenne mich, wie es dir beliebt.«

»Deine Stimme kommt mir so bekannt vor ... wo kommst du her?«

»Ich komme aus deiner Phantasie.«

»Ich glaube ich träume!« Orpheus schüttelte verwirrt den Kopf, als täuschten ihn seine Sinne. »Was ist nur los heute? Auch Euridyke ist ganz anders als sonst, redet kaum und sagt sie sei krank. Und jetzt ... jetzt stehe ich vor dem schönsten weiblichen Wesen, das ich hier in dieser Schule je gesehen habe, und sie erklärt mir, sie sei eine Nymphe!«

Pauline lächelte, schlug die Augen zu ihm auf, antwortete aber nichts. Er wollte ihre Hände greifen, doch sie entzog sich geschickt.

»Was hast du? ...« Sein Blick fiel auf die große Uhr über dem Eingangsportal. »Mein Gott, ich muss zurück, die Probe geht weiter!« Eilig griff er nach seinem Hemd und streifte es über. »Sag schnell, du bezaubernde Nymphe, wann kann ich dich wieder treffen und ... wo?«

»Komm morgen um die gleiche Zeit wieder hier her. Ich werde da sein.« Mit diesen Worten wandte sich Pauline um und verschwand geräuschlos im Dunkel zwischen den hohen Büschen. Orpheus sah ihr nach. Nichts mehr war zu hören, außer dem gleichmäßigen Plätschern des Brunnens. Er schüttelte noch einmal den Kopf, als könnte er nicht glauben, was er soeben erlebt hatte. Dann eilte zum Westflügel hinüber.

Als ich das Zimmer betrat, lag Pauline im Nachthemd auf ihrem Bett und schrieb Tagebuch. Sie war so darin vertieft, dass sie erst aufschaute, als ich neben ihr stand und ihr den Schleier reichte. Nun aber freute sie sich mich zu sehen und zog mich zu sich aufs Bett. »Da hast du heute auch etwas von unserem schönen Orpheus gehabt, nicht wahr?«, lachte sie, tätschelte mir die Wange und schob ihr Tagebuch unter das Kopfkissen. »Wahre Freundinnen teilen alles ... Das war doch eine sehr gute Idee, findest du nicht? ... Aber sag, wie hat er dir gefallen?«

»Er sieht wirklich sehr gut aus«, musste ich zugeben. »Und du hattest recht, diese Hühner um ihn herum veranstalten ein Gegacker, dessen er ziemlich überdrüssig zu sein scheint.« Ich ahmte die Mädchen nach und musste jetzt selbst lachen. »Pauline, glaubst du, er hat etwas bemerkt?« Ich hatte die sehr kurze Textstelle dieses Aktes genau gelernt, versucht, Paulines Stimme möglichst gut zu imitieren, war aber dennoch in Sorge, dass es aufgefallen sein könnte. Vielleicht war ja doch jemand misstrauisch geworden, obwohl Pauline tagsüber schon allen erzählt hatte, sie fühle sich schlecht, habe einen rauen Hals und habe Angst, sie würde krank.

»Nein, das glaube ich nicht. Und warum auch, du hattest doch meinen Schleier und mein Kleid.«

»Weil ... na ja, er war, nachdem er sich angeblich im Garten am Brunnen ein wenig erfrischt hatte, so verändert.«

»Verändert?« Pauline hob die Brauen und sah mich verwundert an. »Wie meinst du das? Erzähl!«

»Sein Blick war irgendwie anders. Er wirkte so zerstreut, so abwesend, als sei er gar nicht richtig da. Einmal vergaß er sogar fast seinen Einsatz.«

»Na so was!« Pauline lachte. »Vielleicht hat er vor sich hin geträumt. Hast du ihm etwa so den Kopf verdreht?«

»Ich?« Ich sah Pauline erschrocken an und spürte, wie ich rot wurde. »Wie sollte ich? Du weißt doch, dass ich so etwas nicht kann, ob mit oder ohne Schleier!«

»Aber, aber …«, schalt Pauline mich mit gespielter Strenge, »auch das kann man lernen, liebste Edith.« Sie drückte mit bedeutungsvoller Miene die Hände auf die Stelle, wo ihr Herz war und sagte: »Du bekommst eine Sonderlektion in Sachen Liebe, versprochen! … Aber sag, hast du es wenigstens genossen, ihn unter dem Schleier zu beobachten? Seine Augen, seinen Mund … Hast du gemerkt, wie er sich bemüht, hinter dem Schleier etwas zu erkennen?«

Ich stimmte Pauline in allem zu und wir sprachen noch eine ganze Weile über die verschiedenen Möglichkeiten, die diese ungewöhnliche Verschleierung bot und lachten zusammen über Mme Charrière und deren Anstrengungen, die jungen Damen unter Kontrolle zu halten. Dann schlang Pauline ihre Arme um mich und sagte mit theatralischer Stimme: »Komm, lass uns nach den Sternen sehen!« Sie öffnete das Fenster, schob mir eines ihrer Himbeerbonbons in den Mund, und für kurze Zeit fühlte ich mich wieder tief verbunden mit ihr, nahe und vertraut, eins mit ihr und den gemeinsamen Erlebnissen. Wir amüsierten uns über den gelungenen Streich und Pauline überredete mich, es auf die gleiche Weise noch ein weiteres Mal zu wagen. Sie erklärte mir, dass Euridyke jetzt gefangen in der Unterwelt auszuharren habe und es in den nächsten Proben sowieso nichts zu sprechen für sie gebe. Keiner würde etwas bemerken. Da meine eigenen Proben am Nachmittag stattfanden, willigte ich ein noch einmal in Paulines Rolle zu schlüpfen. Um wirklich keinerlei Verdacht aufkommen zu lassen, beschloss Pauline, dies jedoch nicht schon morgen, sondern erst am übernächsten Abend wieder zu wagen.

Dass Pauline jedoch in Wirklichkeit noch ganz andere Pläne hatte, davon wusste ich zu jenem Zeitpunkt nichts.

Ebenso wenig ahnte Orpheus, dass er am nächsten Abend vergeblich am Brunnen warten würde. Seine große Enttäuschung darüber konnte er kaum verbergen und selbst Mme Charrière fragte sich besorgt, was der Grund für die plötzliche und höchst unwillkommene Zerstreutheit ihres Neffen sein mochte, als dieser nach seiner kurzen Pause aus dem Garten zurückkehrte. Einzig Pauline wusste Orpheus' Verwirrung richtig zu deuten und schmunzelte befriedigt unter ihrem Schleier. Seine Augen, die seine große Enttäuschung allzu deutlich verrieten, verliehen seinem Blick etwas unbeschreiblich Wehmütiges, und Pauline sah dem kommenden Abend in erwartungsvoller Vorfreude entgegen, wissend, dass Orpheus morgen in einer wesentlich besseren Stimmung aus dem Garten wiederkehren würde.

In den folgenden zwei Wochen traf Pauline Orpheus noch drei weitere Male am Brunnen. Orpheus hatte noch immer keine Erklärung für das plötzliche Auftauchen und Verschwinden des geheimnisvollen, schönen Mädchens, und sein Wunsch, ihr endlich näher zu kommen, war bisher ohne Erfolg geblieben. Wohl hatte sich Pauline beim letzten Treffen schließlich an seine Brust geworfen und ihm unter Tränen ihre verzehrende Sehnsucht nach einem baldigen Wiedersehen gestanden, was die stürmische Leidenschaft des jungen Mannes endgültig hatte entflammen lassen. Doch hatte sie sich, noch ehe er seine Lippen auf die ihren legen konnte, seiner innigen Umarmung geschickt entwunden. Orpheus wollte sie halten, zum Bleiben überreden, doch sie schüttelte den Kopf, stellte sich auf die Zehenspitzen und hauchte einen Kuss auf seine erhitzte Wange. Bevor sie hinter den Sträuchern verschwand, versprach sie ihm, dass er sich beim nächsten Zusammentreffen den ersehnten Kuss holen dürfe.

Beseelt von der Hoffnung, endlich ans Ziel seiner Wünsche zu kommen, steigerte sich Orpheus' Leidenschaft in ein fieberhaftes Warten, welches seiner Rolle außerordentlich gut zupass kam. Schwärmerische Sehnsucht und drängendes Verlangen mischten sich abwechselnd in sein kaum mehr zu überbietendes Spielen, das nunmehr einzig von dem Wunsch getragen wurde, sich sobald wie möglich den versprochenen Kuss des feenhaften, wundersamen Geschöpfes am Brunnen abholen zu können. Dass eben dieses Mädchen unter dem langen schwarzen Schleier verborgen, Abend für Abend an seiner Seite spielte, keine seiner geschmeidigen Bewegungen aus den Augen ließ und ebenso sehnsüchtig auf das verheißungsvolle Wiedersehen wartete, konnte er nicht ahnen. Doch im Gegensatz zu ihm, der wartete und litt, wartete Pauline und genoss.

* * *

Schließlich kam der große Tag. Im Garten des Internats wurde alles aufwändig dekoriert. Im Schatten der großen Eichen wurde eine lange Tafel für das Buffet aufgestellt und die Freilichtbühne für die verschiedenen Darbietungen errichtet. Die wochenlangen Vorbereitungen und Proben waren zum Ende gekommen und Mme Charrière war mit ihrer Gruppe ausgesprochen zufrieden. Ihre zeitweise Besorgnis wegen der unerklärlichen Stimmungsschwankungen ihres Neffens hatte sich in großes Wohlgefallen über die alle ihre Erwartungen übersteigende schauspielerische Leistung der Beteiligten aufgelöst. Mme Charrière sah der Aufführung mit großer Spannung entgegen, hoffend, mit ihrer Gruppe einen der drei Preise, die am Abend seitens der Ordensleitung alljährlich an die besten Darbietungen vergeben werden, zu gewinnen.

Ich war sehr nervös. Ich hatte meine Eltern lange nicht gesehen und suchte gespannt von der großen Freitreppe aus den Parkplatz nach dem Wagen meines Vaters ab. Außerdem wollte ich ihnen Pauline vorstellen, die bei mir stand und das emsige Treiben auf dem Gelände beobachtete.

»Letztes Jahr habe ich in der Dekorationsgruppe mitgemacht. Das war halb so aufregend«, stöhnte ich. »Nur ganz am Schluss mussten wir auch auf die Bühne kommen, fürs Abschlussbild. Aber das war nicht so schlimm, da waren ja alle auf der Bühne …«

Pauline nickte stumm.

»Pauline, bist du denn überhaupt nicht aufgeregt? Ich meine, Lampenfieber hat doch jeder heute, oder nicht?«

»Es ist unglaublich aufregend, liebste Edith, und ich glaube, danach brauche ich erst einmal eine Pause. Gott sei Dank sind dann endlich Sommerferien!« Pauline seufzte.

»Und was wird mit Orpheus?«

»Wieso? Was soll mit ihm werden?«

»Na, ich meine, wirst du ihn wiedersehen?«

»Ihn wiedersehen? … Wohl kaum. Und warum sollte ich auch?«

»Aber er ist sehr verliebt in dich!«

»Nein«, entgegnete Pauline und schüttelte lachend den Kopf, »verliebt in mich ist er nicht. Er begehrt eine Nymphe aus seiner Phantasie … und sobald die Nymphe Wirklichkeit wird, ist alles vorbei.«

»Wirklichkeit?« Ich konnte Pauline wieder einmal nicht folgen. »Was meinst du mit *Wirklichkeit wird*?«

In diesem Augenblick hörte ich jemanden meinen Namen rufen und meine Mutter winkte vom Parkplatz herüber. »Sie sind da!«, rief ich und stürmte freudig meinen Eltern entgegen.

Kurz darauf trafen Paulines Eltern ein.

»Das Jahr hier hat dir gut getan, mein Kind«, sagte Paulines Mutter und musterte ihre Tochter von Kopf bis Fuß.

»Sie hat sich wirklich sehr gut entwickelt«, meinte der Vater und warf der Mutter einen viel sagenden Blick zu.

»Ja, … *es* hat sich wirklich sehr gut entwickelt«, bemerkte Pauline und warf mir einen ebenso vielsagenden Blick zu. Wir machten unsere Eltern miteinander bekannt und alle sechs schlenderten wir gemeinsam in den Garten hinein und mischten uns unter die anderen Gäste. Paulines Eltern wollten alles kennenlernen, vor allem natürlich unser Zimmer. Beim Anblick der kahlen Wände nickten sie sich wieder schweigend zu. »Sie ist wirklich erwachsen geworden«, stellte Paulines Mutter befriedigt fest, »die Oberin hat Wort gehalten.«

»Es ist schön *wirklich* erwachsen zu werden«, sagte Pauline und zwinkerte mir zu.

Wenig später suchten sich unsere Eltern im Garten ein schattiges Plätzchen und ließen sich von der Gruppe, die die Verköstigung des heutigen Tages übernommen hatte, kühle Erfrischungen reichen. Die Oberin hielt wie üblich eine lange Begrüßungsrede, berichtete ausführlich über das erfolgreiche vergangene Schuljahr, lobte die Lehrkräfte und deren bewundernswerten Einsatz für die gute Erziehung der Mädchen. Dann stellte sie die einzelnen Programmpunkte vor und wies auf die Gelegenheit hin, im Anschluss an ihre Worte den Eltern Rede und Antwort zu stehen bezüglich ihrer Töchter und deren jeweiliger Entwicklung.

Paulines Eltern erklärte die Oberin stolz, dass sie in den letzten Wochen und Monaten keinerlei Beanstandungen am Verhalten ihrer Tochter gehabt habe. Die beunruhigende Phase jugendlicher Schwärmerei, weswegen die besorgten Eltern Pauline in die Obhut dieser Institution geben hatten, dürfe als erledigt betrachtet werden. Dabei betonte die Oberin, dass die Freundschaft zwischen Pauline und der sanften und ruhigen Edith diese Entwicklung sehr positiv beeinflusst habe und sie dankbar dafür sei, dass Pauline dank Gottes und ihrer Hilfe schließlich doch noch auf den rechten Weg zurückgefunden habe.

»Gott sei wirklich Dank!«, seufzte die Mutter erleichtert.

»Ihnen, verehrte Oberin, sei wirklich Dank!«, meinte der Vater und Pauline bestätigte: »Allen zusammen sei Dank. Das Leben hier ist wirklich schön, außer …«, sie legte eine leidende Mine auf, »außer, wenn man eine

Woche lang Küchendienst hat.« Alle lachten. »Aber am Ende«, fuhr Pauline fort, »am Ende hat das arme Aschenputtel ihren Prinzen doch noch bekommen und es gab ein richtiges Happyend!«

Paulines Eltern sahen sich erstaunt an.

»Pauline spielt im unserem heutigen Theaterstück »Orpheus und Euridyke« die weibliche Hauptrolle«, erklärte die Oberin schnell, »und diese wunderbare Geschichte hat sie wohl über die letzten Wochen, in denen so viel geprobt worden ist, sehr in ihren Bann gezogen, … nicht wahr mein Kind?«

»Nein«, Pauline schüttelte den Kopf, »nein, denn diese Geschichte hat leider gar kein glückliches Ende.«

Der Nachmittag verstrich. Man unterhielt sich angeregt, aß und trank, bewunderte die aufwändige Dekoration und versammelte sich immer wieder vor der Bühne, um eine der vielen Darbietungen zu sehen. Als die Oberin schließlich den Höhepunkt des Tages ankündigte und Mme Charrière als Leiterin der Theatergruppe vorstellte, waren die Zuschauerplätze bis auf den letzten belegt. Mme Charrière hielt eine kurze Einführung in den Inhalt des Stückes und erläuterte anschließend den mythologischen Hintergrund und seine tiefe Symbolik. Besonders erfreut zeigte sie sich darüber, dass die Mädchen sich sehr ernsthaft mit dem Stück beschäftigt und sich intensiv darauf eingelassen hätten, woran unschwer zu erkennen sei, dass dieser alter griechische Mythos bis in die heutige Zeit nichts von seiner Faszination und Bedeutung verloren habe. Der Schleier, den Euridyke während des ganzen Stückes trägt, soll das Wesenlose und

Unpersönliche dieser Figur verdeutlichen, weswegen es auch nicht einfach gewesen war, diese Rolle zu besetzen. Den Orpheus, erklärte sie weiter, habe man als einzigen männlichen Darsteller von außerhalb hinzu geholt, um dem Stück die nötige Überzeugungskraft zu verleihen. Mme Charrière endete mit ein paar allgemeinen Erläuterungen zum antiken Theater und schlug einen großen Bogen zur oberflächlichen und leichten Unterhaltung der Gegenwart, der es etwas Gehaltvolles entgegen zu setzen gelte, was die Mädchen präge und ihnen bleibende Werte mit auf den Lebensweg gebe. Sie erhielt großen Applaus, errötete verlegen und setzte sich zu den anderen Lehrerinnen, die ihr anerkennend zunickten. Aber sie hatte auch das Entsetzen der Oberin gesehen, als sie die männliche Besetzung des Orpheus erklärte, wovon sie wohlweislich zuvor nichts erwähnt hatte, um das gesamte Projekt nicht zu gefährden.

Dann kamen die Mädchen auf die Bühne, nahmen ihre Plätze ein und das Spiel begann. Euridyke erschien erst in der zweiten Szene und Orpheus kam in der dritten hinzu. Mme Charrière hatte nicht zuviel versprochen. Die Mädchen spielten hervorragend. Es gab keinerlei Pannen im Text, und obwohl alle im Voraus sehr aufgeregt gewesen waren, lief alles bestens. Das Publikum lauschte andächtig, verzaubert von den schönen Kostümen, dem Bühnenbild und der entspannten Atmosphäre und verfolgte mit Spannung die ergreifende Geschichte von Orpheus und Euridyke, die beide derart hinreißend und überzeugend spielten, dass kaum ein Auge trocken blieb, als Euridyke ihrem Geliebten schließlich ewige Liebe bis in den Tod hinein schwor. Nachdem sie in die Unterwelt entführt und Orpheus in unermessliches Leid gestürzt war, rückte die berühmte Schlüsselszene immer näher. Orpheus, dem es gelungen war, Euridyke im Hades ausfindig zu machen, konnte den Gott der Unterwelt gnädig stimmen. Euridyke sollte ihm aus der Unterwelt hinauf ans Tageslicht folgen, unter einer Bedingung: Er durfte sich, was auch immer geschah, nicht nach ihr umdrehen, sonst sei Euridyke für alle Zeiten für ihn verloren. Orpheus willigte überglücklich ein und schritt mutig voran. Euridyke folgte ihm leise und in einigem Abstand. Dann geschah, was geschehen musste. Orpheus widerstand der Versuchung nicht, Zweifel überfielen ihn und er drehte sich nach ihr um. Euridyke erschrak und rief: »Oh mein Orpheus, Geliebter, nun ist alles verloren. Warum nur hast du nicht vertraut!«

Orpheus, seinen tragischen Fehler erkennend und von Entsetzen gepackt, stürzte auf sie zu, wollte sie halten, seine Euridyke, die von Geisterhand zurückgezogen, nun auf immer und ewig in der Unterwelt verschwinden sollte. Doch Euridyke blieb stehen.

»Nun hole dir den versprochenen Kuss«, flüsterte sie, »dann will ich mein Schicksal erfüllen!« Sie hob langsam den schwarzen Schleier und schaute den vor Schreck erstarrten Orpheus mit großen Augen an.

»Du?«, stammelte er ungläubig, »du hier?«

»Ich habe es dir versprochen«, sagte sie, trat auf ihn zu, legte den Kopf in den Nacken und streckte ihm ihre vollen Lippen halbgeöffnet entgegen. Orpheus, noch immer unfähig sich zu rühren, spürte, wie sie seine Hände ergriff und vorsichtig drückte. Hätte er in diesem Moment einen Blick auf Mme Charrière geworfen, hätte er ein ebenso vor Schreck erstarrtes, kreidebleiches Gesicht gesehen. Aber für Orpheus schien nicht nur die Tante, sondern die ganze Welt mit einem Male vergessen zu sein. Er löste seine Hände, legte sie um ihr Gesicht und langsam, als hätte er Angst den Augenblick zu verscheuchen, beugte er sich zu ihr hinab und legte seine Lippen auf die ihren zu einem langen und innigen, leidenschaftlichen Kuss. Ein Raunen ging durchs Publikum und Pauline entwand sich rasch der Umarmung, lächelte ihm ein letztes Mal wehmütig zu, ließ den Schleier über ihr Gesicht gleiten und setzte dort wieder ein, wo sie das Stück unterbrochen hatte. Sie zog sich mit langsamen Schritten rückwärtsgehend von der Bühne zurück und verschwand hinter dem Vorhang. Orpheus brauchte ein paar Augenblicke, bevor er sich wieder gefasst hatte und der Zauber sich löste. Noch bevor ihm richtig bewusst wurde was geschehen war, spielten die anderen weiter und das Stück nahm seinen Gang, so dass auch er nach einem tiefen Atemzug seine Rolle wieder aufnahm und zum einstudierten Ende brachte. Dabei verstärkte seine Verwirrung darüber, das geheimnisvolle, begehrte Wesen endlich geküsst und doch schon wieder verloren zu haben, die letzte Szene so überzeugend, dass die Zuschauer am Ende trotz der unvorhergesehenen Änderung in der Inszenierung begeistert Beifall klatschten, sich von den Stühlen erhoben und anerkennende und lobende Worte zu hören waren. Einen überzeugenderen Orpheus hatte es nie gegeben!

Aber nicht alle teilten diese Begeisterung.

Die Theatergruppe erhielt den ersehnten Preis für die beste Darbietung nicht und die völlig bestürzte Mme Charrière wurde wegen Anstiftung zu unmoralischem Handeln bis auf weiteres vom Dienst enthoben. Der unglückliche Orpheus erhielt Hausverbot und durfte das Internatsgelände nicht mehr betreten.

Die Oberin ließ Paulines Eltern in ihr Büro kommen und erklärte ihnen, dass das Internat für Pauline nicht der richtige Platz sei und sie nach den Sommerferien nicht mehr zu kommen brauche. Sie habe sich in Pauline, deren Veranlagung und ihren eigenen Fähigkeiten, aus ihr einen rechten Menschen zu machen, geirrt und sähe sich außer Stande Pauline weiterhin in ihrem Hause auszubilden. Darüber hinaus bilde die junge Dame eine Gefahr für ihre anderen Zöglinge, ja sogar für das Lehrpersonal, was sie am meisten erschüttere, denn Mme Charrière hatte sich bisher als hervorragende Erzieherin gezeigt. Über Orpheus schwieg sie sich aus und hoffte inständig, dass Paulines Eltern dazu keine weiteren Fragen stellten. Traurig, verärgert, aber vor allem ratlos und vollkommen verwirrt suchten diese ihre Tochter, um sie über die Unterredung mit der Oberin aufzuklären. Pauline musste schnellstens alle ihre Sachen zusammenpacken und wenig später verließ sie im Wagen ihrer Eltern das Gelände.

Als Edith erfuhr, dass Pauline nach den Ferien nicht mehr kommen würde, glaubte sie auf der Stelle tot umzufallen.

»Vergiss nicht, was ich dir immer gesagt habe«, flüsterte Pauline ihr zu, bevor sie ins Auto stieg, »die Liebe

lebt nicht von der Erfüllung, sondern von der Nichterfüllung …« Mehr konnte Edith nicht hören, denn der
Motor wurde angelassen und der Wagen verließ langsam
auf dem knirschenden Kies den Parkplatz. Edith sah
dem Wagen nach, bis sie ihn nicht mehr sehen konnte.
Mit ihm war ein Teil ihres Lebens davongefahren.

Ein Leben ohne Pauline war für Edith nicht vorstell-
bar. Hätte sie sich damals nicht mit aller Kraft auf die
Arbeit in der Schule und das Geigespielen gestürzt, wäre
sie vermutlich, wie sie Jahre später gestand, in jener Zeit
an dem Verlust der geliebten Freundin zerbrochen.
Pauline war aus Ediths Leben verschwunden, ebenso
plötzlich, wie sie aufgetaucht war. Nichts war geblieben,
außer einer Flut von Erinnerungen, Erinnerungen, von
denen Edith befürchtete, sie könnten eines Tages ver-
blassen und verschwinden wie seinerzeit die Bilder von
den Wänden.
Nichts war geblieben was sie festhalten konnte, außer
Paulines Tagebuch, das Edith unter ihrem Kopfkissen
fand und einem gemeinsamen Jahr, dem einzigen Jahr
ihres bisherigen Lebens, von dem Edith das Gefühl
hatte, gelebt zu haben. Sie hatte gelebt, weil sie geliebt
hatte.

* * *

*Die Sehnsucht
ist es, die unsere
Seele nährt,
und nicht
die Erfüllung.*

Artur Schnitzler

Das Theatercafé »Boulevard« war immer gut besucht. Meistens war es sehr schwierig einen freien Tisch oder auch nur einen freien Platz zu finden, vor allem nach den Proben oder Aufführungen und dies dann bis in die späten Abendstunden hinein. Das »Boulevard« war der wichtigste Treffpunkt all derer, die mit dem Theater zu tun hatten, dort arbeiteten, oder zumindest einen Hauch der Stimmung hinter der Bühne einatmen wollten. Die Künstlerszene hatte ihren eigenen Reiz, folgte eigenen Regeln und war ein in sich geschlossener Kreis von Dazugehörigen, zu dem Nicht-Dazugehörige keinen oder nur sehr schweren Zugang hatten. Entweder gehörte man zur großen Familie der Theaterleute oder man fühlte sich fehl am Platz und fremd. Edith gehörte nicht dazu, nicht wirklich. Man beachtete sie nicht, sie störte nicht, man wusste, dass sie irgendwie dazu gehörte, ein Teil des Theaters war, aber eben ein so kleiner, winziger und unbedeutender, dass sie zwar im »Boulevard« saß, aber ob sie dort war oder nicht, spielte keine Rolle, für niemanden.

Edith hatte durch ihren Professor an der Universität eine Anstellung im Kammerorchester des Theaters bekommen, wodurch sie ihr Musikstudium finanzieren konnte, wofür sie sehr dankbar war. Sie nahm regelmäßig an den gemeinsamen Proben teil und musste sich bereit halten, wenn kurzfristig ein Geiger ausfiel. Neben dem Studium, das sie mit großer Inbrunst betrieb, mochte sie die Arbeit im Orchester und die gelegentlichen Besuche im »Boulevard«. Sie liebte es an einem Tischchen an der großen Glasscheibe zur Straße hin zu sitzen, hinaus zu schauen, vorbeiziehende Menschen zu beobachten, Hunde, die Straßenbahn, nörgelnde Kinder, gebrechliche Alte, Fahrradfahrer und hupende Autos, weil die Ampel auf Grün umsprang und der Vordermann nicht gleich losfuhr. In leicht gebogenem Schriftzug stand der Name des Cafés in großen Lettern auf der Scheibe, und am liebsten schaute sie durch das »o« von »Boulevard«, wie durch den Sucher einer Kamera, erstaunt, was alles in einem »o« zu finden war. Manchmal schauten die Leute von draußen auch hinein und wenn sie es merkte, erschrak sie und fühlte sich ertappt, weil sie einen Tisch für sich allein beanspruchte. So sehr sie das »Boulevard« liebte, so sehr hasste sie es aber auch, wenn es überfüllt von lärmenden Theaterleuten war, die sich nach den Proben und Aufführungen selbst feierten, lautstark und selbstherrlich. Edith hatte schnell herausgefunden, wann es ruhig war, wann man in Ruhe ein Buch oder die Zeitung lesen konnte, und wann der Kellner den Café noch mit einem freundlichen Lächeln brachte, ohne zu hasten, und mit zwei Keksen. Bis die ersten Theaterleute ausgeschlafen hatten und zu einem viel zu späten Frühstück kamen, war sie meist schon wieder weg.

Edith war es wider Erwarten gelungen, ihr Leben ohne Pauline weiter zu leben, wenngleich sie zeitweise daran gezweifelt hatte, dass dies überhaupt möglich sei. Pauline war gegangen, sie hatte das Internat verlassen und sie hatte Edith verlassen. Wochenlang hatte sie gehofft, Pauline stünde eines Tages wieder in ihrem Zimmer, am Fenster, mit einer Tüte Himbeerbonbons in der Hand und mit einer neuen Geschichte von ihrem Traumprinzen. Das zweite Bett in ihrem Zimmer war frei geblieben, was es für Edith anfangs sehr schwer gemacht hatte, aber auch gut war, denn sie hätte sich nicht vorstellen können, es mit einer anderen Schülerin zu teilen. Das Zimmer, das Fenster, eigentlich alles, was mit Pauline zu tun hatte und sie an sie erinnerte, war von Edith heiliggesprochen worden, und die Benutzung durch eine andere Zimmergenossin wäre einer Entweihung gleich gekommen. So gab es für Edith ab jener Zeit ein Leben vor Pauline, ein viel zu kurzes Leben mit Pauline und ein endlos langes Leben nach Pauline.

Vor Pauline hatte ihr Leben dem Dämmerzustand eines schlafenden Dornröschens geglichen, das nicht glücklich und nicht unglücklich war. Durch Pauline war sie erwacht, mit ihr war sie glücklich gewesen, durch sie und mit ihr hatte sie die Liebe kennen gelernt. Nachdem Pauline gegangen war, hatten ihr Glück und ihre Liebe ein jähes Ende gefunden, was eine sehnsuchtsvolle Leere zurückgelassen hatte. Edith war sich sicher, dass sie niemals einen anderen Menschen würde lieben können, dass niemals ein anderer Mensch die gleichen Gefühle in ihr würde erwecken können, wie Pauline es getan hatte. Sehr zurückgezogen hatte sie sich ihrer Geige und ihrem Schulabschluss, später dann ihrem Studium, gewidmet und fast war es, als sei sie wieder in den hundertjährigen Schlaf zurückgefallen, unberührt davon, was um sie herum geschah. Die Menschen im »Boulevard« glichen eher Statisten, eine ständig vorhandene Staffage, notwendig, dazugehörend, aber fremd und unnahbar und keinesfalls Teil ihres Lebens. Edith hatte beschlossen, ihren Dornröschenschlaf wieder aufzunehmen, die Rosenhecke um sie herum war gewachsen und bot ausreichend Schutz vor neuen Enttäuschungen und Schmerzen. Nichtsdestoweniger konnte sie mühelos aus ihrem Fensterlein im Turme schauen, Menschen durch das kleine »o« beobachten, und sich jederzeit hinter der dornigen Rosenhecke verstecken. Noch einmal aufzuwachen, noch einmal zu leben und noch einmal zu lieben, dies hatte sie für den Rest ihres Lebens nicht mehr vorgesehen.

* * *

Ich kann mich noch gut daran erinnern, wie ich eines Tages um die Straßenecke bog, gerade meinen Schirm zusammenklappen und ins »Boulevard« hineingehen wollte, als ich durch die große Scheibe an meinem Tisch jemanden sitzen sah. Mein Tisch war belegt. Ich überlegte kurz, ob ich überhaupt hineingehen sollte, denn an einen Tisch in der Mitte des Cafés wollte ich mich nicht setzen, als eine ältere Dame am Nachbartisch bezahlte und sich erhob. Ich trat ein, legte meinen Mantel ab und setzte mich so, dass ich wie immer aus dem Fenster schauen konnte, auf die belebte Straße und die Passanten. Diesmal musste ich allerdings durch das kleine »d« schauen und dabei bot sich mir ein völlig anderes Bild. Die Straßenbahnhaltestelle war etwas nach links gerückt, dafür lag das Schaufenster des Juweliers auf der anderen Straßenseite nun genau in meinem kleinen »d«. Und rechts davon war der Gemüse- und Obststand, den ich durch das kleine »o« nicht sehen konnte. Die Leute, die Obst und Gemüse kauften, blieben nicht vor dem Juwelier stehen und die, die sich das Schaufenster des Juweliers ansahen, kauften kein Obst und Gemüse. Ich hatte einen anderen Blickwinkel bekommen und konnte nicht ahnen, dass jener Tag bei mir tatsächlich zu einer veränderten Sicht der Dinge führen sollte.

Ich bestellte das Gleiche wie immer und bekam auch wie immer zwei Kekse und ein freundliches Lächeln des Kellners, an jenem Tag mit einem Augenzwinkern in die Richtung meines Tisches, an dem jemand saß. Wie ein geheimer Verbündeter, beinahe vertraut, hob der Kellner die Schultern, als wollte er mir sagen, er könne nichts dafür, es habe sich eben so ergeben und ich wunderte mich über diese Geste, denn öfter als ein bis zwei Mal die Woche kam ich nicht her, aber er schien mich dennoch zu kennen. Ich musste auch lächeln, hob ebenfalls die Schultern und gab ihm zu verstehen, dass es schon in Ordnung sei. Immerhin war das kleine »d« auch ganz interessant. Aber das sagte ich nicht.

Als ich einen flüchtigen Blick zu meinem Tisch hinüber warf, um zu sehen, wer daran saß, sah ich einen jungen Mann, der eine Zeitung vor sich liegen hatte und sich Notizen in ein kleines Buch machte. Ich schaute schnell wieder weg, aus Angst, er könnte es bemerken und dachte bei mir, er hätte sich ruhig auch einen anderen Tisch aussuchen können, wenn er seinen Platz an der großen Scheibe noch nicht einmal nutzte, um hinaus zu schauen. Um über der Zeitung zu brüten und in ein kleines Buch zu schreiben, hätte er sich auch an jeden anderen Tisch setzen können. Schneller als sonst trank ich meinen Kaffee und machte mich wieder auf den Weg zur Hochschule.

Als Edith ein paar Tage später wieder ins »Boulevard« kam, war ihr Tisch frei. Sie setzte sich wie immer mit Blick auf die Straße, bestellte das Übliche und versank in ihren Betrachtungen über das Leben jenseits der Glasscheibe. Als der Kellner ihren Kaffee brachte, beugte er sich zu Edith hinab und raunte ihr zu: »Ich habe ihn gefragt, ob es ihm etwas ausmachen würde, sich an einen anderen Tisch zu setzen...«

Erschrocken schaute Edith zu dem Kellner auf, der mit einer knappen Kopfbewegung nach rechts die Augenbrauen hochzog. Zwei Tische weiter, fast in der Ecke, saß der gleiche junge Mann vom letzten Mal, vertieft in sein Buch, in das er schrieb. Die Zeitung lag, diesmal zusammengeklappt, vor ihm auf dem Tisch. Schnell wandte Edith ihren Blick wieder ab und murmelte verwirrt ein »Danke«, das der Kellner mit einem strahlenden Lächeln erwiderte. »Habe ich gern gemacht für Sie, junge Dame. Ist doch ihr Stammplatz, nicht wahr?«

Edith nippte an ihrem Kaffee und ertappte sich, wie sie über den Rand ihrer Kaffeetasse den Unbekannten beobachtete. Er schien sehr konzentriert zu sein auf das, was er in sein Buch schrieb und blickte nur gelegentlich gedankenversunken auf, wie um kurz Luft zu holen, um dann sofort wieder abzutauchen in das, was er schrieb. Er musste eine kleine Schrift haben, denn das Buch war klein und er schrieb unentwegt. Edith setzte ihre Kaffeetasse ab und bemerkte, dass sie sie beinahe leer getrunken hatte, schneller als sonst und ohne abzusetzen, als der

Kellner an ihr vorbei zu dem Tisch in der Ecke ging, wo der Unbekannte seine Hand gehoben und ihn gerufen hatte. Er zahlte und erhob sich. Edith rührte sich nicht und schaute angestrengt aus dem Fenster auf das, was draußen vor sich ging. Aus dem rechten Augenwinkel sah sie, wie sich der Fremde die Jacke zuknöpfte und den Tisch verließ. Aus dem linken Augenwinkel sah sie, wie er das »Boulevard« verließ. Sie atmete auf und wusste gar nicht, weswegen sie sich erleichtert fühlte. Sie kramte in ihrer Tasche nach ihrem Porte-Monnaie und schaute sich suchend nach dem Kellner um, der gerade eine Bestellung an einem Tisch hinter ihr aufnahm. Er nickte ihr zu und gab ihr zu verstehen, dass er gleich kommen würde. Edith suchte nach dem passenden Kleingeld, legte es auf den Tisch und wollte sich erheben, als sie durch die große Scheibe den unbekannten Schreiber sah, der in seiner Tasche kramte, als ob er etwas suchte und dabei beinahe mit einer Passantin zusammenstieß. In diesem Moment trafen sich ihre Blicke.

Ich fühlte mich wie vom Blitz getroffen und hatte Mühe, nicht wieder auf meinen Stuhl hinter mir zurückzusinken. Ich hielt mich möglichst unauffällig an der Tischkante fest und tat so, als wollte ich das Kleingeld auf dem Tisch noch einmal überprüfen. Wie lange ich dies getan hatte, weiß ich nicht. Vermutlich viel zu lange, denn der Kellner kam und fragte mich, ob alles in Ordnung sei mit mir. Ich nickte eilig, wagte aber kaum aufzusehen, aus Angst, der Fremde könnte noch immer da draußen vor der Scheibe stehen und hereinschauen. Aber er war nicht mehr da. Er war verschwunden, die Menge der

Menschen hatte ihn verschluckt. Ich griff nach meinen Sachen und verließ das »Boulevard«, nicht nach rechts und nicht nach links schauend, in die entgegen gesetzte Richtung wie ER.

Ab diesem Tage kam Edith jeden Tag ins »Boulevard«. Sie richtete ihren gesamten Tagesablauf danach aus, denn sie wollte herausfinden, wann er kam, ob an bestimmten Wochentagen, zu bestimmten Uhrzeiten, wie lange er blieb und was er tat. Manchmal saß und wartete sie bis zu zwei Stunden darauf, dass ER kommen, an den Tisch in der Ecke sitzen und in sein Buch schreiben würde. Darauf, dass er auf dem Trottoir wieder mit jemandem zusammenstoßen und dabei hochschauen, zufällig durch die Scheibe zu ihr schauen würde, wo ihr Blick – ganz zufällig – auf den seinen wartete. Und ihr Blick würde da sein, würde seinen treffen, für Bruchteile von Sekunden, bevor er weitereilen würde, bevor sie den Blick senken und ihr Kleingeld auf dem Tisch überprüfen, bevor der Kellner sie fragen würde, ob alles in Ordnung sei.

Als Edith schon tief enttäuscht nicht mehr daran glaubte, dass ER noch einmal kommen würde, als sie glaubte, dass dieses erste und einzige Mal schon eine halbe Ewigkeit zurück lag und sie Mühe hatte, sich den Moment in ihrer Vorstellung lebendig zu halten, geschah das kleine Wunder erneut. Der unbekannte Fremde saß an einem Tisch in der zweiten Reihe, blätterte in der Zeitung und schien etwas darin zu suchen. Erschrocken über die unerwartete Erfüllung ihres Wartens ließ sie sich auf einen Stuhl an ihrem Tisch sinken und versuchte ihre Gedanken zu ordnen.

ER war da. ER saß hinter mir. Ich konnte das Blättern der Zeitung hören, das Absetzen seiner Kaffeetasse, das Scharren der Stuhlbeine, wenn er auf seinem Stuhl rückte, um einen andere Sitzposition einzunehmen. Ich selbst saß einfach da und wartete, wartete darauf, dass er aufstehen, das »Boulevard« verlassen und an der großen Scheibe vorbeigehen würde, um seinen Blick aufzufangen, wenn er der Passantin ausweichen und nach rechts schauen musste. Aber ER stand nicht auf. Dieses Mal blieb er einfach sitzen und ich konnte nur das Rascheln der Zeitung hören, wenn er umblätterte, oder die Zeitung aus der Hand legte, um zu seiner Kaffeetasse zu greifen. Dass er nach seiner Tasse griff, wusste ich, weil ich kurz danach hören konnte, wie er sie wieder auf den Unterteller zurückstellte und das Zeitungsrascheln wieder losging. An diesem Tag schrieb er offenbar nichts. Ich wartete vergebens darauf, dass er bezahlte und ging und irgendwann musste ich selbst gehen, denn die Vorlesungen gingen weiter, ich konnte nicht ewig hier sitzen bleiben. Irgendwie gelang es mir das passende Geld auf den Tisch zu legen, meinen Mantel anzuziehen und das »Boulevard« zu verlassen, ohne mich umzudrehen. Warum hätte ich mich auch umdrehen sollen. Vielleicht hätten sich unsere Blicke dann getroffen, aber unvorbereitet und ungeplant. Ohne dass einer eine Passantin anrempelte. Ich ging hinaus und sofort nach links, um nicht an der großen Scheibe entlang laufen zu müssen.

Edith ging weiterhin regelmäßig ins »Boulevard«, weil sie herausfinden wollte, wann er auch dort war, und so fand sie schließlich heraus, dass der Fremde an manchen Tagen kam und ausschließlich Zeitung las, an anderen Tage hingegen eifrig in sein Buch schrieb, dann aber nicht so lange blieb. Manchmal saß er so, dass sie ihn heimlich gut beobachten konnte, wobei sie sehr darauf achtete, dass er es nicht bemerkte. Dies war umso leichter, wenn das »Boulevard« besser besucht war, und sie so tun konnte, als schaue sie sich allgemein gerne Menschen an, um immer rein zufällig den Blick auch kurz IHN streifen zu lassen. Und mit jedem Blick erhaschte sie Neues an ihm. Eine Haarsträhne, die ihm ins Gesicht fiel, wenn er sich zum Lesen vorbeugte, den kleinen Finger, den er elegant abspreizte beim Schreiben in sein Buch, zwei senkrechte Falten zwischen seinen Augenbrauen, ein leichtes Kopfschütteln, wonach er meist etwas in seinem Buch wieder durchstrich und der Ausdruck seiner Augen, wenn er aufsah, in den Raum hineinsah, ohne etwas zu sehen, ohne etwas wahrzunehmen, ein Moment, den Edith besonders liebte, denn dann konnte sie ihn anschauen, immer wie beiläufig und doch so bewusst, konnte ihn anschauen und sicher sein, dass er es nicht bemerkte. Und mit jedem Mal, wo sie ihn sah, wurde er ihr vertrauter, seine Gesten, seine Gesichter, seine Bewegungen, und sei es nur an diesem einen kleinen Tisch in der Ecke des »Boulevards«, beim Schreiben, beim Lesen und beim Kaffeetrinken.

Eines Tages, Edith saß ebenso wie der Fremde, vor einer Tasse Kaffee und blätterte in einer Zeitschrift, achtsam, jeden sich bietenden Moment zu nutzen, um ihn heimlich anzuschauen, rief die Dame, die am Tisch zwischen ihnen saß, den Kellner, um etwas zu bestellen. Dieser kam nicht gleich, weil an jenem Tag außergewöhnlich viele Gäste anwesend waren, worauf sich die Dame recht lautstark ärgerte. Edith musste unwillkürlich zu ihr hinüberschauen, ein kleiner Moment der Unachtsamkeit, spontan und unkontrolliert, und dem geheimnisvollen Fremden ging es wohl ebenso, denn ihre Blicke trafen sich genau über der Nasenspitze der verärgerten Dame. Der Fremde zog die Augenbrauen hoch und seine Lippen verzogen sich zu einem leichten Lächeln, kaum wahrnehmbar für jemand anderes als Edith, die jede noch so unscheinbare Bewegung seines schönen Gesichts kannte. Auch Edith musste lächeln, aber sie wusste, dass es ein inneres Lächeln war, das keiner, noch nicht einmal ER, sehen konnte. Aber sie lächelte, lächelte in sich hinein, sah sofort wieder weg, befürchtete, dass ihre Verlegenheit wie durch große Leuchtbuchstaben, überall im »Boulevard« zu sehen war und vergrub sich, größtes Interesse vortäuschend, in einem Artikel ihrer Zeitschrift, den sie an jenem Tag schon fünf Mal gelesen hatte.

Als Edith das nächste Mal ins »Boulevard« kam, saß er bereits an seinem Tisch in der Ecke und schaute mit einem fast so konspirativen Lächeln auf, als sie an ihrem Tisch Platz nahm, dass Edith gar nicht anders konnte als auch zu lächeln, dieses Mal aber, und das wusste sie, nicht nach innen, sondern durchaus sichtbar, wenn auch dezent und verhalten, so doch nach außen, zu IHM hin, das erste Lächeln nach unvorstellbar langer Zeit, das erste Lächeln nach Pauline.

* * *

Er hat mich angelächelt. Mir zugelächelt. Ein Lächeln ganz für mich allein. Nicht wegen der Situation, nicht wegen eines anderen Gastes, nicht wegen irgendetwas, sondern es war ein Lächeln für mich, ganz für mich allein. Ich war verwirrt. Was hatte das zu bedeuten? Nur eine höfliche Geste? Warum und wozu? Warum sollte er höflich zu mir sein, zu mir, einer Fremden, einem Gast wie Dutzende andere ebenso? War das eine Sympathiebekundung, ein Zeichen von Vertrautheit, ein Hinweis auf etwas Gemeinsames, Verbindendes, und sei es auch nur die Erinnerung an das vorige Mal und an die ärgerliche Dame? Fragen über Fragen, die sich in meinem Kopf überschlugen. Ein Hochgefühl machte sich in mir breit, eine Beschwingtheit, wie ich sie kaum kannte. Jedenfalls schon lange nicht mehr. Dieses Lächeln, dieser vielsagende und doch so beiläufige Blick, ein Streiflicht für Sekunden und doch so wirkungsvoll und nachhaltig. Dieses Lächeln hatte mich in einer Weise erfüllt, wie schon lange nichts mehr. Es saß in der Mitte meiner Brust und strahlte in meinen Körper hinein, erfüllte mich mit Licht und einer Wonne, von der ich nicht mehr wusste, dass es sie gab. Ich hatte mich zwar schnell wieder abgewandt, so wie ER auch, und jeder von uns war dem nachgegangen, was er üblicherweise im »Boulevard« tat, aber sein Lächeln beglückte mich den Rest des Tages, und ich musste mir schließlich eingestehen, dass ich es weniger denn je abwarten konnte, wieder ins »Boulevard« zu gehen.

Voller Erwartung und doch auch ängstlich, ob es sich ebenso wiederholen würde, besuchte Edith am nächsten

Tag, von dem sie wusste, dass er dort sein würde, das Café. Schon durch die Scheibe konnte sie ihn in der Ecke sitzend erkennen, vertieft in sein Buch, in das er schrieb, denn es war einer seiner Schreibtage und kein Zeitungslesetag. Und wieder schaute er auf, als sie sich setzte, schenkte ihr sein verschwörerisches Lächeln, um sofort danach wieder weiterzuschreiben.

Diese Augenblicke manifestierten sich zu einer Art Begrüßungsritual, das ab jenem Zeitpunkt in immer der gleichen Weise ablief, außer, dass Ediths kurzes und scheues Lächeln sich zunehmend entspannte und eine für sie ungewöhnliche Souveränität ausstrahlte. Ediths Welt war in Umbruch geraten. Nicht, dass es für sie einfach hätte bis in alle Ewigkeit so bleiben können. Nicht, dass es ihr völlig genügt hätte, dieses mittlerweile so vertraute Lächeln als Auftakt für immer wundervoller werdende Tage zu bekommen. Nein, ihr neues, unglaubliches Lebensgefühl beflügelte sie auch zu musikalischen Höchstleistungen. Voller Inbrunst übte sie ihre Stücke, spielte überzeugender denn je und erntete bis dahin ungekannte Anerkennung. Und nachts träumte sie von ihrem unbekannten Fremden, lief mit ihm über Wiesen und Felder, lag in der zarten Frühlingssonne unter einem Apfelbaum und spürte seine warmen Hände auf ihrem Bauch und ihren Brüsten.

Es war ein Zeitungslesetag, als Edith das »Boulevard« betrat und ihren Tisch ansteuerte, um entsetzt feststellen zu müssen, dass er belegt war. Das gesamte Café war außergewöhnlich gut besucht, warum auch immer, das wusste sie nicht, und alle Tische waren belegt mit laut diskutierenden, beschäftigten Menschen, die offenbar weniger wegen des Kaffeetrinkens hergekommen waren, sondern wegen der intensiven Gespräche. Darauf nicht vorbereitet, stand Edith hilflos zwischen den vielen Gästen, als ihr Blick auf den Tisch in der Ecke fiel, an dem der Fremde saß und gerade im Begriff war, seine Zeitung zusammenzufalten. Er schaute auf, lächelte sein Begrüßungslächeln und deutete mit einer knappen Kopfbewegung auf den freien Platz an seinem Tisch. Er musste ihr Kommen bereits bemerkt haben und Edith spürte, wie sie vor Schreck erstarrte. Er nickte noch einmal, diesmal etwas nachdrücklicher, und lud sie mit einer einladenden Geste seiner Hand ein, sich an seinen Tisch zu setzen. Edith zögerte noch immer. So war das nicht geplant, darauf war sie nicht vorbereitet. Doch sie wollte auch nicht mitten im »Boulevard« stehen bleiben und zum Gehen war es nun schon zu spät. Sie gab sich einen Ruck und drückte sich langsam zwischen den anderen Stühlen und Tischen bis in die Ecke durch, wo der Fremde ihr einen Stuhl anbot.

»Ich habe ihn vorsichtshalber für Sie freigehalten.«

Ich wusste nicht, was ich sagen sollte, und hörte, wie meine Lippen ein leises »Danke« hervorbrachten, das vor Verlegenheit schon auf seinem Weg zu IHM beinahe erstarb. Ich setzte mich vorsichtig und hoffte, dass er meinen rasenden Herzschlag nicht hören würde. In meinem Hals pochte etwas so stark, dass ich unwillkürlich meine Hand darauf legte, aus Angst, er könnte es entdecken. Mir war heiß geworden und ich war dankbar die Jacke ablegen zu können, um etwas zu tun, um Zeit zu gewinnen und die Fassung wieder zu finden.

Der Kellner kam an den Tisch und bevor ich selbst etwas sagen konnte, sagte ER: »Das Gleiche wie immer, Jean, und dazu zwei Kekse!«

Brachte ich schon bisher kaum ein Wort heraus, so verschlug es mir nun endgültig die Sprache. Der Kellner nickte und verschwand so schnell, wie er gekommen war. Ich saß perplex am Tisch von IHM, an seinem Tisch, dem mehr oder weniger einzigen freien Platz im Café und rang um Fassung. »Danke«, sagte ich noch einmal, etwas beherzter nun, aber immer noch verwirrt.

»Es ist sehr voll heute hier«, sagte ER, »es wird in Kürze eine Pressekonferenz geben, das sind fast alles Journalisten.«

»Aha?« Er schien sich auszukennen.

»Haben Sie in der Zeitung über die Probleme mit dem neuen Intendanten des Theaters gelesen? Dazu wird er wohl heute Stellung nehmen müssen«, erklärte ER.

Die Sachlichkeit seiner Worte holte mich wieder auf den Boden der Tatsachen zurück. Ich war keine Zeitungsleserin und fragte nach den angedeuteten Problemen. Er erklärte mir, worum es ging und dass er selbst Theaterkritiken schreibe für eine große Wochenzeitung, weswegen er nachher auch zu der Konferenz müsse. Er hatte eine weiche aber bestimmte Stimme, klangvoll, selbst als er leise sprach, und ich hing an seinen Lippen, als gelte es, keine einzige Schwingung ungehört vergehen zu lassen. Was er sagte, klang wie Musik in meinen Ohren und ich hatte Mühe, mich auf den Inhalt dessen, was er mir erzählte, zu konzentrieren. Als der Kellner meinen Kaffee mit den beiden Keksen brachte, schmunzelte er, erhob sich und sagte, er müsse nun gehen, und tatsächlich entstand Unruhe im Café, denn auch andere von den Gästen erhoben sich und verließen durch eine Hintertür das »Boulevard«, eine Tür, die wohl direkt ins Theater hinein und zu den Büros und Kabinen führen musste. Auch ER verschwand hinter dieser Tür, die mir noch nie zuvor aufgefallen war. Der Künstlereingang, den ich benutzte, wenn ich ein Konzert hatte, war woanders, außen am Gebäude.

Seit dem Augenblick, als sie zum ersten Mal seine Stimme gehört hatte, konnte Edith an nichts anderes mehr denken, als an ihn, diesen ER, diesen magischen Unbekannten, der sie nun auch noch mit dem Klang seiner Stimme und der unwiderstehlichen Art zu sprechen in seinen Bann gezogen hatte. Nach jenem kurzen Gespräch versuchte sie alles, um den Klang seiner Stimme zu konservieren, und suchte auf ihrer Geige die Tonlage, der sie entsprach, ein weicher, warmer und voller Ton, klangvoll und doch bestimmt und selbstbewusst. Edith wollte mehr davon hören, mehr von ihm und mehr von seiner Stimme. Sie wollte sich damit umhüllen. In einer Wolke voller warmem Klang zu schweben, IHN zu beobachten, auf ein Lächeln zu warten und IHM dabei ganz langsam immer mehr zu entlocken, davon begann sie zu träumen des nachts und darüber sann sie nach am Tage. Sie musste wieder ins »Boulevard« gehen, soviel war ihr klar, jedoch, was würde geschehen, wenn dann wieder wie sonst auch, genügend Plätze frei waren? Was würde geschehen, wenn IHR Tisch wieder frei war?

Edith wusste, wann der nächste Tag sein würde, wenn ER wieder seinen nächsten Schreibtag hatte. Nachdem sie nun erfahren hatte, dass er für die Zeitung Kritiken schrieb, war es auch nachvollziehbar, wann er kam, wann er las, nämlich seine Artikel, und wann er schrieb, nämlich nach den Aufführungen. Das nächste Mal stand ein Schreibtag an, und das würde übermorgen sein. Bis dahin hatte Edith Zeit sich zu überlegen, was passieren könnte, wenn sie das Café betrat, und diese Gedanken ließen sie nicht mehr los. Es könnten alle Tische und Plätze belegt sein und sie würde umdrehen und gehen müssen. Es könnten ganz viele frei sein, und sie würde sich an ihren Tisch setzen. Es könnte ein Platz an seinem Tisch frei sein, weil er ihn wieder freigehalten hatte, und sie würde sich wieder zu ihm setzten. Sofern er sie wieder dazu einladen würde. Sofern er wieder den Platz für sie freihalten würde. Vielleicht würde er es aber auch gar kein zweites Mal mehr tun. Vielleicht hatte er ihre Gesellschaft nicht halb so faszinierend gefunden, wie sie die seine.

Als der übernächste Tag anbrach, hatte Edith noch immer keinen Weg gefunden, wie sie auf die jeweilige Situation reagieren könnte. Sie hatte zwar alles tausendfach in den vergangenen Stunden durchlebt und den Ernstfall geprobt, im Geiste wie mit Worten, aber es bangte ihr vor dem entscheidenden Moment, wenn sie erst im »Boulevard« stand und die Situation so vorfinden würde, wie sie dann eben war. Sie hatte auch erwogen, zunächst an der Glasscheibe vorbei zu schlendern und einen kurzen Blick hinein zu werfen, dies aber schnell wieder verworfen, denn wenn ER sie dabei sah, so wäre ihr dies unendlich unangenehm. Nein, es sollte ebenso unerwartet und spontan sein, wie das erste Mal, so, dass er nicht merken sollte, wie genau sie alles durchdacht hatte. Und schon gar nicht sollte er merken, wie sehr sie sich danach sehnte.

Schließlich packte Edith ihre Tasche, schnappte den Mantel und machte sich auf den Weg zum »Boulevard«.

Es war ein entsetzlicher Nachmittag gewesen. Ich hatte ihn in meinem kleinen Studentenzimmer im Bett verbracht, unglücklich, enttäuscht und ratlos. Unglücklich wegen IHM, enttäuscht wegen mir und ratlos, weil ich nicht wusste, wie es weitergehen sollte. Ich war dort gewesen. Es war ein Schreibtag, das wusste ich. Ich hatte der Versuchung doch nicht widerstehen können, kurz durch das riesige Fenster einen Blick hinein zu werfen und dann sofort den großen Regenschirm so abschirmend zwischen mich und die Scheibe zu halten, dass mich keiner von innen sehen konnte, auch nicht der Kellner, der sich gerade kopfschüttelnd mit einem der wenigen Gäste anscheinend über das Regenwetter unterhielt und mit einer entsprechenden Geste nach draußen deutete. Ich hatte sofort kehrt gemacht und war nach Hause zurückgeeilt.

Seitdem lag ich auf dem Bett, unfähig irgendetwas anderes zu tun, ärgerte mich, schämte mich, beschimpfte mich, verzieh mir wieder, tröstete mich damit, dass ja weitere Tage, Lesetage und Schreibtage, kommen würden und begann danach sofort wieder mich zu ärgern, zu schämen und zu beschimpfen, denn ich würde mit Sicherheit die gleiche Situation wieder vorfinden: Mein Tisch war frei, das Lokal kaum besetzt, ER in der Ecke an seinem Tisch, in sein Büchlein schreibend und Gott sei Dank so vertieft, dass er mich vermutlich nicht gesehen hatte. Es war ganz einfach so, wie es eigentlich bis vor wenigen Tagen immer gewesen war. Ich hätte einfach hineingehen und mich an meinen Tisch setzen können. Wahrscheinlich hätte er wieder kurz aufgesehen und wir hätten uns mit einem kurzen vertrauten Lächeln begrüßt, um dann unseren jeweiligen Tätigkeiten ungestört wieder nachzugehen.

So wäre es sicherlich gewesen. Aber das war genau das, was ich nicht wollte. Ich wollte in seiner Nähe sein, ich wollte mit ihm an einem Tisch sitzen, ihn sehen, ihn riechen, ihn hören, ich wollte da weitermachen, wo wir uns das letzte Mal verabschiedet hatten. Nun blieben mir bis zum nächsten Lesetag nur meine Träume, in denen ich IHN rief, in denen er kam, in denen ich ihn aber nicht hören konnte. Er legte seine Hand auf meinen Arm und ich fühlte seine warme trockene Handfläche, wie sie sanft ein Stück hinauf glitt, bis ich seine zarten Fingerkuppen auf der empfindlichen Rückseite meines Oberarmes spürte.

Ein anderes Mal spürte ich seine beiden Hände auf meinen Wangen, wie sie meinen Kopf leicht nach hinten und meine Lippen den seinen entgegen führten. Dann auf einmal fiel ein schwarzer Schleier zwischen unsere begierigen Münder und ich wachte auf.

Edith wollte die Augen nicht öffnen. Wieder und wieder versuchte sie in den Traum zurück zu gleiten, doch so sehr sie sich auch bemühte, das Einzige was blieb, war das Gefühl seiner Hand auf ihrer Haut und der brennende Wunsch ihrer Lippen geküsst zu werden. Auf eine irritierende Weise kam ihr ihr Traum bekannt vor, fast, als habe sie es schon einmal ebenso erlebt. Als habe sich etwas wiederholt, etwas, woran sich ihr Körper erinnerte, ihr Körper und ihr Geist. Und es fühlte sich ebenso gut an, wie das, was einmal war.

Aus dem zaghaften Wunsch IHN wiederzusehen, wurde ein wachsendes Verlangen und Edith fieberte dem nächsten Tag entgegen, an dem sie ihm begegnen würde, diesmal entschlossen, auf jeden Fall ins »Boulevard« hinein zu gehen, sich an ihren Tisch zu setzen und abzuwarten.

Es war wie ich vermutet hatte, es waren wie üblich viele Tische frei, soviel hatte ich schon von der Straße aus gesehen, und noch einmal tief Luft holend trat ich ein. Ohne mich umzuschauen, steuerte ich meinen Tisch an. Erst jetzt wagte ich es kurz aufzusehen, damit wir unser Begrüßungslächeln austauschen konnten und hängte umständlich meinen Mantel über die Stuhllehne, damit ich etwas dabei zu tun hatte. Das machte es einfacher. Wie groß war meine Enttäuschung, als mein kurzer Blick in die Ecke zu seinem Tisch hinüber unerwidert blieb: ER war nicht da! Der Tisch war unbesetzt. Ungläubig schaute ich mich im »Boulevard« um, ob ER vielleicht woanders saß, aber er war nirgends anders zu sehen. Der Kellner kam, brachte mir meinen Café und die beiden Kekse, fragte mich kurz wie es mir gehe und verschwand wieder hinter der Theke. Am liebsten hätte ich einfach losgeweint und tatsächlich hatte ich größte Mühe meine Tränen der Enttäuschung zurück zu halten, die meinen leeren Blick durch das kleine »o« schon drohten zu verwässern, die alles dort draußen, hinter dem kleinen »o«, ertrinken ließen in der Trostlosigkeit der unerfüllten Erwartungen.

Zu allem Überdruss kam wenig später auch noch ein Pärchen herein, das sich ausgerechnet an den Tisch in der Ecke setzte, SEINEN Tisch, den sie sich vermutlich ausgesucht hatten, um möglichst unbeobachtet zu sein, während sie ihre verliebten Zärtlichkeiten austauschten. Das stürzte mich in noch größeres Elend, denn nun musste ich mich regelrecht zwingen nicht auch noch ständig zu den beiden hinüber zu schauen, was mein Blick gewohnt war und nun nicht durfte. Ich konzentrierte mich wie früher auf die Passanten, ohne wirklich wahrzunehmen, was sie taten, es waren vorbeistreifende, wesenlose Gestalten, die lediglich das Bild vor mir lebendig hielten, ohne Sinn und ohne Ziel.

»Na, dann machen wir es doch heute einmal umgekehrt.«

Ich fuhr erschrocken herum und stieß die Kaffeetasse um, die Gott sei Dank leer war.

»Oh, ich wollte Sie nicht stören, entschuldigen Sie bitte!«

ER stand neben mir, wie aus dem Nichts erschienen, leise und heimlich, lächelte höflich und sagte: « … da heute MEIN Tisch besetzt ist… aber natürlich nur, wenn Sie möchten!«

Ich glaube es gelang mir ebenfalls zu lächeln. Ich glaube ich bat ihn auch, dass er sich doch bitte setzen möge. Und ich glaube, ich brauchte ein paar Augenblicke, bis ich mich von meinem Schrecken erholt hatte, hörte ihm aber bereits zu und antwortete sogar. Was, das weiß ich nicht mehr. Wir unterhielten uns über das »Boulevard«, die Gäste, über den freundlichen Kellner, der unsere Wünsche schon so gut kannte, und schließlich, als er mich fragte, weshalb ich immer genau an diesem Tisch säße, erklärte ich ihm, dass ich die Welt da draußen durch das kleine »o« beobachtete, und sich kein anderer Buchstabe dafür so gut eigne, wie das kleine »o«.

Davon war er völlig beeindruckt. »Sie haben einen Journalisten vor sich sitzen«, sagte er lachend, und, dass ihn diese Idee geradezu inspirieren würde darüber zu schreiben. »Die Welt durch das kleine »o« zu sehen, das ist wirklich etwas Neues«, staunte er anerkennend und es war mir fast peinlich, dass er so darauf einging.

»Aber Sie haben den besseren Blickwinkel«, meinte er und rutschte mit seinem Stuhl zu mir herüber. »Lassen Sie mich mal aus Ihrer Perspektive schauen.«

Er neigte seinen Kopf zu mir und in diesem Moment berührte sein Ohr meines. Ich saß wie versteinert. Ich wagte nicht mich zu bewegen, nicht von ihm weg und nicht zu ihm hin, ich saß, atmete flach, hörte mein Herz pochen, hoffte, ER hörte es nicht und wünschte der Moment würde nie vergehen.

Die Zeit verging wie im Flug. Edith und der fremde Journalist, der irgendwie schon gar nicht mehr so fremd war, hatten tausend Themen gefunden. Edith erklärte ihm genau welche Beobachtungen sie im Laufe der Zeit gemacht hatte, erklärte ihm die Abläufe, das Kommen und das Gehen der Passanten an der Bushaltestelle und vor den Schaufenstern gegenüber, und er hörte ihr fasziniert zu. Der Blick durch die Scheibe des Cafés und die gemeinsamen Entdeckungen dort draußen ließen sie lachen und scherzen, nachdenklich und besinnlich werden, und ehe Edith es sich versah, waren zwei Stunden vergangen. Ein zufälliger Blick auf die Kirchturmuhr, die nicht durch das kleine »o« zu sehen war, machte ihr bewusst, wie sehr sie die Zeit vergessen hatte. Beide mussten gehen und verabschiedeten sich voneinander, nicht ohne sich zu bestätigen, dass der Nachmittag und ihre Unterhaltung sehr erquicklich gewesen seien und wiederholt werden müssen. Er half ihr in den Mantel und legte zum Abschied kurz seine Hand auf ihren Arm. Dann verließ er das »Boulevard« mit eiligen Schritten.

* * *

Von diesem Nachmittag an hatte sich die Welt für Edith endgültig verändert. Sehnsüchtig wartete sie auf die Tage, an denen ER im »Boulevard« sein würde, und auch er schien sich jedes Mal zu freuen, wenn er Edith dort traf. Es ergab sich immer so, dass sie zusammen an einem Tisch zu sitzen kamen und in lange Gespräche über Gott und die Welt verfielen, die meist nur vom Kellner unterbrochen wurden, der fragte, ob er noch etwas bringen dürfe. ER war ein hervorragender Gesprächspartner, informiert über alles, gebildet, interessiert und humorvoll, erzählte viel von seiner Arbeit als Theaterkritiker, über die Schwierigkeiten, die diese Tätigkeit mit sich brachte und über die vielen ungewöhnlichen Menschen, die er dabei kennengelernt hatte. Edith wunderte sich, dass er sich trotzdem ausgerechnet für sie interessierte und wagte kaum, etwas von ihrem Alltag zu erzählen. Doch schließlich kam sie gar nicht darum herum, denn er fragte nach und wollte mehr von ihr wissen. Er schien sich tatsächlich für sie zu interessieren, was Edith sehr verwirrte, denn bisher hatte sich noch kaum jemand wirklich für sie interessiert und es fiel ihr gar nicht leicht, all das in Worte zu fassen, was bisher nur als Idee oder Gefühl in ihr unter Verschluss gehalten worden war. Über sich selbst zu sprechen war etwas völlig Neues und anfangs kam sich dabei auch sehr unbeholfen vor. Doch sobald sie über Philosophie, über die Kunst oder gar über Musik reden konnte, fühlte sie sich sicher und die Worte sprudelten nur so aus ihr heraus, einem aufmerksamen Zuhörer entgegen. Es stellte sich heraus, dass sie die gleichen Komponisten schätzten, eine Abneigung gegen klassische Musik des 20. Jahrhunderts hatten und das Verkommen des allgemeinen Musikgeschmackes aufs Schärfste verurteilten.

»Ich habe schon als kleines Mädchen gerne Mozart gehört«, sagte ich.

»Und ich bin schon als junger Mann gerne ins Theater gegangen.« ER lachte. »Meine Mutter hatte ein Abonnement, und da mein Vater sie nie begleitete, musste ich als Begleitung herhalten. Heute bin ich ihr dafür dankbar. Damals fand ich nicht unbedingt jedes Stück sehenswert, in das sie mich mitnahm, aber die Theateratmosphäre hat mir immer gefallen.« ER nahm einen Schluck Kaffee, bevor er weitersprach. »Als Kind fragte ich mich, was wohl hinter der Bühne ist, wie Künstlergarderoben aussehen und was *die Maske* sein könnte. Meine Mutter erklärte mir so viel sie konnte und so viel sie selbst wusste, bis irgendwann in mir der Entschluss reifte, selbst mit dem Theater zu tun haben zu wollen. Allerdings schied die Schauspielerei für mich aus.«

Eigentlich wollte ich gar nicht so viel Persönliches über IHN wissen. Ich hatte Angst, er würde ebenso viel von mir wissen wollen. Von welchem Leben hätte ich IHM auch erzählen sollen? Mein neues Leben hatte ja erst begonnen. Es war wie eine Seifenblase, schillernd, so vielversprechend, aber dennoch so zart, so fragil und mit der Angst behaftet, es könne zerplatzen, so schnell, wie es begonnen hatte. Mein neues Leben war wie ein Geschenk des Schicksals und um nichts in der Welt wollte ich es gefährden.

Als er mich nach meinem Namen fragte, schüttelte ich nur den Kopf. Namen würden alles zerstören. Namen benennen Dinge und holen sie in die Wirklichkeit. Aber dort lauert das Ende.

»Euridyke«, sagte ich, »nennen Sie mich einfach Euridyke.«

Einen Moment lang sah er mich an und schwieg. Dann schüttelte er ungläubig lachend den Kopf. »Und ich müsste dann wohl Orpheus sein...«

»Wenn es Ihnen nichts ausmachen würde...?«

»Sie sind eine bemerkenswerte Frau, ... Eurydike«, sagte er und legte den Kopf leicht schief, als wollte er sich noch einmal vergewissern, ob es mir damit wirklich ernst war. »Orpheus hat aber alles verpatzt, damals ...«

»Euridyke hat ihn ja gewarnt.«

»Männer eben. Und ihre Ungeduld. Dann muss ich

wohl ganz schön aufpassen«, sagte er und schmunzelte erheitert, »nicht, dass Sie mir zu Stein erstarren!«

»Sie haben mich aus dem Hades geholt«, erwiderte ich, »lassen Sie mich Ihnen aus der Unterwelt ins Leben folgen.«

Zum ersten Mal sah er verwirrt aus. »Sie sind sehr poetisch, Verehrteste, oder ist es eher *pathetisch*?«

»Ich erwarte nicht, dass Sie es verstehen. Lassen wir es bei dem Mythos und bei dem Körnchen Wahrheit, das in jedem Mythos steckt. Manches verstehe ich auch nicht, aber es wird verständlicher, wenn man es selbst erlebt.« Damit hoffte ich das Thema beenden zu können und das wiederum schien ER zu spüren. Wir plauderten noch ein wenig über Belanglosigkeiten, als er auf die Uhr sah und feststellte, dass er dringend weg musste. Er erhob sich, nahm seine Jacke vom Stuhl und schritt zur Tür. Auf halbem Weg drehte er sich nochmal um, zwinkerte mir zu und meinte amüsiert: »Nicht, dass Sie mir zu Stein erstarren…«

Edith musste sich eingestehen, dass sie verliebt war. Jedenfalls verband sie diesen Begriff mit den Gefühlen, denen sie hoffnungslos ausgeliefert war und all dem, was sie dachte, was Verliebtsein bedeuten würde. Dazu gehörte auch die unbändige Lust, den anderen wieder zu sehen, mit ihm an einem Tisch zu sitzen und wieder mit ihm zu reden. Er hatte zum Abschied gesagt, sie möge nicht zu Stein erstarren. Was genau er damit gemeint hatte, beziehungsweise, ob dies nur eine kleine sprachliche Retourkutsche auf ihre Worte war, konnte sie nicht mit Sicherheit sagen. Aber eines wusste Edith: ER interessierte sich für sie, war gern in ihrer Gesellschaft, verbrachte Zeit mit ihr, Zeit, die er zuvor damit verbrachte hatte, in sein Buch zu schreiben oder Zeitung zu lesen.

Auch Ediths Träume hatten sich verändert. Er kam fast jede Nacht zu ihr und Edith fühlte seine Hände, seinen Atem, seine Nähe und Wärme, aber sobald er sich zu ihr hinab beugte, ihr Gesicht zu sich zog und ihre Lippen suchte, fiel ein schwarzer Schleier zwischen sie und Edith wachte auf. Anfangs störte sie sich nicht daran. Sie genoss die wenigen zeitlosen Sekunden des Traumes, während ihre Lippen sich näher kamen, und trug den Rest des Tages das süße Gefühl, der Gegenwart ein Schrittchen vorausgeeilt zu sein, in ihrem Herzen.

Doch mit jeder Nacht, die verging, begann sich das Gefühl nach dem Aufwachen von einer hoffnungsvollen Erwartung in eine sehnsuchtsvoll schmerzende Erwartung zu verändern. Edith sehnte sich nach mehr. Glückselig nur auf den Moment im Traum zu warten, wo sie seinen süßen Atem spürte und ihr ganzer Körper sich ihm entgegen streckte, ließ sie enttäuscht erwachen und mit der Zeit hatte sie nicht mehr das Gefühl, der Zukunft voraus zu sein, sondern eher ihr hinterher zu träumen. Edith wurde sich gewahr, dass sie träumte und ihre Wirklichkeit im »Boulevard« eine andere war. Und dazwischen gab es einen schwarzen Schleier, der ihr dies auf wundersame Weise verdeutlichte, und wie ein Vorhang auf der Bühne das Ende des Aktes beschied. Wollte sie wissen, wie es weitergeht, wollte sie überhaupt, dass es weitergeht, so musste sie warten, bis der Vorhang sich heben würde, gespannt darauf, was dann kam. Zu Stein erstarrt war sie nicht. Sie war zum Leben erwacht und fühlte sich lebendiger als je zuvor.

Und so wartete Edith in geduldiger Hingabe an den Fortgang ihres Mythos im Glauben und in der Hoffnung auf ein glücklicheres Ende, als das von Orpheus und Eurydike.

»Das klingt spannend«, sagte ich, »kennen Sie das Stück, das gespielt wird?«

»Nein.« ER schüttelte den Kopf. »Ich muss mich im Voraus ein bisschen einlesen, damit ich nach der Premiere gleich etwas Vernünftiges zu Papier bringe. Das Stück ist außergewöhnlich, noch unbekannt, und die Gastspieltruppe, die es aufzuführen wagt, kenne ich auch noch nicht, aber ihr eilt ein hervorragender Ruf voraus.«

»Ein bisschen Zeit bleibt ja noch, vielleicht um das Stück zu lesen...« Die Premiere war erst am Wochenende, und es blieben noch ein paar Tage bis dahin.

»Möchten Sie mich zur Premiere begleiten?«, fragte ER ganz unvermittelt. »Ich könnte Ihnen«, er lächelte sein umwerfendes Lächeln, »ich könnte Ihnen einen Presseausweis beschaffen. Allerdings ... müssten Sie mir dazu verraten, wie Sie heißen.«

Mein Herz hüpfte vor Freude. »Das würde ich wirklich sehr gerne tun, aber ich bin für diesen Abend eingeteilt im Orchester und somit ohnehin im Theater. Das Stück hat eine sehr anspruchsvolle musikalische Begleitung und ich habe mich auch schon gefragt, um was es in einem Stück mit solch einer fast tragischen Musik wohl gehen könnte.«

»Soweit ich weiß, geht es um das einzige im Leben, was zur Tragödie werden kann«, erklärte ER, »nämlich die Liebe. Die unglückliche Liebe.«

»Darin kennen Orpheus und Eurydike sich ja bestens aus«, scherzte ich ganz mutig und überrascht über meine eigenen Worte und als ich sah, wie fragend er mich ansah, fügte ich schnell hinzu: »Wir Musiker tragen nur zum stimmungsvollen Teil bei und müssen das Geschehen auf der Bühne unterstreichen oder verdeutlichen oder wie Sie es sonst nennen wollen.«

Er lachte. »Ja, das ist richtig. Die Musik beeinflusst viel. Und sie hat Macht, Macht über die Zuschauer, die aus dem Orchestergraben stimmungsmäßig auf geheime Weise gelenkt werden … dann bleibt uns nur, das Stück abzuwarten und zu schauen, wie es sich entwickelt. Es gibt ja immer wieder Überraschungen, auch auf der Bühne, und nicht selten sind die unbekanntesten Stücke die besten.«

Der Hauch eines Déjà-Vues ließ mich erschauern.

»Geht es Ihnen nicht gut?«, fragte ER besorgt.

»Doch, doch, es ist alles in Ordnung«, sagte ich schnell, um das ungute Déjà-Vue zu verdrängen. »Wir könnten uns höchstens nach der Premiere zur Premieren-Feier treffen. Normalerweise gehe ich da eigentlich nie hin, aber …« ER schnitt mir das Wort ab: » … aber in diesem Fall sollten Sie es tun. Ich würde mich jedenfalls sehr freuen, Sie dort zu treffen«, fügte er hinzu.

Am liebsten hätte ich ihm die Arme um den Hals geworfen und mich für seine Einladung, die ja eigentlich nur eine Anregung war, bedankt. Am liebsten hätte ich durch das Café tanzend gerufen *er freut sich, er freut sich, er freut sich auf mich!* Aber Eurydike folgt Orpheus geduldig und schweigend aus der Unterwelt hinaus ins Leben. Eurydike hatte so lange auf IHN gewartet, nun wollte sie nichts überstürzen.

Edith verbrachte die darauf folgenden Tage in bester Stimmung und großer Vorfreude auf das Wochenende. Sie hatte viele Proben und wenig Zeit, wollte aber unbedingt vor der Premiere noch einmal im »Boulevard« vorbeischauen. Vielleicht war er dort, vielleicht hatte er das Stück gelesen, vielleicht konnten sie sich noch darüber unterhalten. Jede Minute mit ihm war ein Geschenk, und die Unverfänglichkeit ihrer Anonymität, die er bisher so geduldig mitgespielt hatte, gab ihr Zeit ihn als Menschen kennen zu lernen, ohne ihn an einen Namen zu binden. ER war einfach ER, er war ihr Orpheus und so lange es ging, wollte sie es dabei belassen. Freilich konnte sie ihn in Gesellschaft nicht bei seinem geheimen Namen nennen, und er würde dies auch nicht tun. Aber bis dahin war noch viel Zeit, und bis dahin würde er bleiben, was er bisher war, ihr ER, ihr Orpheus, ihr Traumprinz.

In ihm hatte Edith ihren ersten eigenen Traumprinzen gefunden, den ersten, den sie ganz für sich alleine hatte. Sie hatte ihn geschaffen, sie hatten ihn zu ihrem Prinzen gemacht, es waren ihre Träume, die sie nicht teilte, worüber sie nicht redete und die sie ganz alleine weiterträumte, bis sie beschließen würde, was davon Wirklichkeit werden sollte und wann. Dieses Gefühl, die Liebe in ihr Leben eingeladen zu haben, sie zu hegen und zu pflegen, sie zu erhalten, das stärkte und inspirierte sie und machte sie zu einer wundervollen Geigerin, die sich mit aller Hingabe auf die Musik, die sie spielte, einließ.

Zwei Tage vor der Premiere des neuen Stücks wollte Edith nachmittags noch einmal einen kurzen Besuch im »Boulevard« machen und steuerte freudig auf den Eingang zu, als ihr prüfender Blick durch die große Scheibe sie erschrocken stehen bleiben ließ. Da saß ER an seinem Tisch, lauschte gebannt einer jungen Dame, die ihm gegenüber an seinem Tisch saß. Edith konnte auf die Schnelle nicht viel erkennen, nur, dass ER sehr aufmerksam an ihren Lippen hing, und sie ihm dabei mit den Ellenbogen auf die Tischplatte gestützt sehr nahe war. Vermutlich ist es nur ein Interview, sagte sie sich, er macht seine Arbeit. Aber schon als sie das dachte, wusste sie, dass es nicht die ganze Wahrheit war. Schnell drehte Edith sich um und ging in die gleiche Richtung zurück, wie sie gekommen war, damit er sie nicht sehen konnte, wenn er zufällig auf die Straße hinaus geschaut hätte. Gleichzeit musste sie sich jedoch eingestehen, dass das sehr unwahrscheinlich gewesen wäre, denn der Blick, mit dem er die junge Dame angeschaut hatte, hätte nichts anderes wahrgenommen. Es war ein Blick nur für sie allein, nur für jene Fremde an seinem Tisch, ihr Tisch, von dem sie glaubte, dass es ihr gemeinsamer Tisch geworden sei. Was mochte sie IHM erzählen, dass er ihr so aufmerksam zuhörte? Sie so aufmerksam betrachtete? So hatte er sie noch nie angeschaut. Edith fühlte einen Stich in ihrem Herzen und der schwarze Schleier aus ihren Träumen legte sich über ihre Stimmung. Ein nagender Schmerz fraß in ihrem Inneren, fraß an ihrem Mut, fraß an ihrem neu gewonnenen Selbstbewusstsein, fraß an ihrer Verfassung und fraß, was das Schlimmste von allem war, an ihrem Traum.

* * *

Das Wochenende kam und mit ihm die Premiere und damit der Moment des Wiedersehens. Edith hatte versucht die Erinnerung an die Frau im »Boulevard« zu verdrängen, doch ein bitterer Nachgeschmack war geblieben. Und sie hatte auch keine Gelegenheit mehr gehabt, ihn zu treffen, um heraus zu bekommen, was es mit der Fremden auf sich gehabt hatte. Jetzt war sie sehr aufgeregt und musste alle Kraft aufbringen, um sich auf ihre Noten und die anderen Musiker zu konzentrieren. In Gedanken war sie bei ihm und insgeheim bedauerte sie, dass sie nicht die Gelegenheit gehabt hatte an seiner Seite und mit seinen Augen das Stück zu verfolgen. Wie beglückend musste es sein, mit ihm Meinungen und Eindrücke auszutauschen. Welche Verbundenheit hätte sich einstellen können, wenn ihre Blicke sich im richtigen Moment getroffen hätten, vielsagend, weil jeder vom anderen wusste, was er dachte, verschwörerisch, weil sie einer Meinung waren. Eine wunderbare, stille Übereinkunft, wie es sie nur bei Liebenden gab.

Der Abend schien nicht enden zu wollen, das Stück zog sich quälend in die Länge, auf die Pause hätte Edith am liebsten verzichtet, wenn nur endlich der Applaus kommen würde und der Vorhang fiel.

Schließlich war es soweit, das Publikum klatschte begeistert, erhob sich von den Sitzen, Beifallsrufe schallten durch die Weite des dunklen Theaterraums und die Schauspieler mussten mehrfach auf die Bühne kommen. Das Stück war ein unglaublicher Erfolg gewesen, ein unerwarteter Erfolg, und Edith fieberte gespannt dem Moment entgegen, wo sie IHN traf und fragen konnte, wie es ihm gefallen hatte, was er darüber schreiben würde und was vielleicht an diesem Abend endlich und nach all der Zeit, die sie sich nun kannten, noch geschehen konnte. Ihr Märchen sollte weitergehen, und wild entschlossen, den schwarzen Schleier aus ihren Träumen wegzureißen, sollten ihre Lippen sich endlich finden. Es war an der Zeit. Edith fühlte sich offen und bereit, bereit, ihrem Leben die endgültige Wendung zu geben.

Die Premierenfeier fand immer im Foyer des Theaters statt, das zu diesem Anlass entsprechend hergerichtet worden war. Auf Bistro-Tischen standen Tabletts mit Häppchen bereit und junge Mädchen in schwarz-weißer Uniform gingen umher und boten Champagner an. Die geladenen Gäste waren in bester Stimmung und jeder wartete gespannt auf das Erscheinen der Schauspieler, die in wenigen Minuten die große geschwungene Treppe hinunter kommen sollten. Edith war mit den Musikern und dem Dirigenten ebenfalls unter den Wartenden. Sie hatte sich ein Glas Champagner genommen und suchte die Menschenmenge vorsichtig mit den Augen nach IHM ab. Schließlich entdeckte sie ihn und drängte sich durch die Menge langsam in seine Richtung. Wie gut er aussah, dachte sie. Doch trotz der vielen Menschen um ihn herum, die redeten und lachten, diskutierten und sich zuprosteten, wirkte ER merkwürdig abwesend, abwartend, ja beinahe angespannt. Edith war besorgt. Was mochte ihn so beunruhigen? Suchte er sie? Befürchtete er, sie sei gar nicht gekommen? Aber nein, sie war da, sie war auf dem Weg zu IHM!

Menschen. Ich versuchte, ihn in der Menge nicht aus den Augen zu verlieren, als mir jemand die Hand auf den Unterarm legte.

»Edith, darf ich Sie mit jemandem bekannt machen?«

Ein Kollege aus dem Orchester stellte mir einen Freund vor, was mir nicht passte, musste ich doch wenigstens höflichkeitshalber drei Sätze mit den beiden wechseln. Wie ich auf sie gewirkt haben mochte, möchte ich gar nicht wissen. Mein Blick schweifte ständig in die Richtung, in der ich IHN zuletzt gesehen hatte, ich hörte meinem Kollegen überhaupt nicht zu, nickte nur zustimmend und versuchte anstandshalber zu lächeln. Als plötzlich alle im Foyer verstummten und nur noch ein leises Gemurmel zu vernehmen war, schwiegen auch die beiden an meiner Seite und lenkten ihre Aufmerksamkeit auf die Treppe, auf der nun die ersten Schauspieler erschienen. Möglichst unauffällig suchte ich nach IHM, denn er war nicht mehr dort, wo ich ihn zuletzt gesehen hatte, und entdeckte ihn recht weit vorne an der Treppe, umgeben von mehreren Fotografen, die mit ihren Kameras bereits in Position gegangen waren. Zu spät. Jetzt musste ich erst einmal wieder warten, bis die Situation sich wieder gelöst haben, bis endlich die Schauspieler ihren Auftritt gehabt haben würden, den alle hier so neugierig erwarteten, allen voran die Fotografen, der Theaterdirektor, den ich dort vorne an der Treppe auch sehen konnte, und IHM, der offenbar ebenso ungeduldig und gespannt wartete. Das jedenfalls verrieten die Züge seines Gesichts.

Der Reihe nach betraten sie die große geschwungene Treppe, die sie langsam herunter schritten, jeder seinen Applaus genießend, von Mal zu Mal lauter. Strahlende Schauspielergesichter, Applaus gewohnt, und doch nach jeder Vorstellung von neuem stolz und glücklich, denn der Applaus war und ist ihr größte Lohn. Wie groß musste ihr Lohn heute sein, wie groß ihre Freude, denn die Gäste sparten nicht an Begeisterungsrufen, die das Ensemble, teils bescheiden, teils selbstbewusst, entgegen nahm. Am Ende fehlte nur die Hauptdarstellerin, die, wie immer, den krönenden Abschluss bildete und auch schon vor dem letzten Vorhang auf der Bühne für Begeisterungsstürme gesorgt hatte. Die Stimmung steckte mich an und auch ich schaute neugierig die Treppe hinauf. Dann kam sie. Ein blutrotes enganliegendes, langes Kleid, selbstsichere Schritte. Ohne auf die Stufen zu sehen, schritt sie sie eine nach der anderen hinab, ihren Applaus und die unverhohlene Bewunderung genießend, mit einem Mona-Lisa-Lächeln auf den Lippen. Auf der Hälfte der Treppe blieb sie stehen, verneigte sich dezent, lächelte in die Kameras, lächelte zum Direktor und lächelte zu IHM. ER lächelte zurück. Er lächelte nicht nur, er wirkte vollkommen hingerissen. Am Ende der Treppe nahm ER sie in Empfang, drückte sie und gab ihr rechts und links einen Kuss auf die Wange. Sie nickte dem Direktor und dem Dirigenten zu und war sofort von Menschen umlagert.

Edith stand wie gelähmt und starrte fassungslos zwischen den Menschen hindurch auf die Treppe und das, was dort geschah. ER legte den Arm um sie und sie ließ es geschehen. Dann fiel ein schwarzer Schleier zwischen Edith und die Wirklichkeit, und alles um sie herum begann zu verschwimmen. Nur weg hier, sie wollte nur weg hier, und in panischer Hast eilte Edith aus dem Foyer, zwischen den erstaunten Gästen hindurch, die ihr verwundert nachschauten, zwischen den gewaltigen Marmorsäulen hindurch, die ihr Schutz gewährten, durch Gänge und Türen, die ihr Durchlass gewährten. Einfach nur weg, nach Hause, irgendwo hin, wo sie versinken konnte im Entsetzen und der Enttäuschung, solange sie wollte, für den Rest ihres Lebens. Sie hatte nicht den Hauptausgang genommen, sondern war durch die verlassenen Teile des Theaters gerannt. Der Künstlereingang war noch offen. Sie stürzte hinaus und lehnte sich keuchend an den kühlen Stein der Theaterwand. Weiter, weiter, nichts wie weg, schrie es in ihr und sie raffte sich wieder auf, umfangen vom schützenden Dunkel der Nacht. Halt suchend an der Wand des gewaltigen Gebäudes gelangte sie zum Vorplatz des Theaters. Drinnen war noch alles hell beleuchtet. Edith konnte Köpfe und Leuchter sehen, Schatten, die sich bewegten und über dem majestätischen Haupteingang, auf dem wunderschönen steinernen Balkon im Licht des sommerlichen Sternenhimmels einen Mann und eine Frau in blutrotem Abendkleid, zu ihm aufschauend, Lippen, die sich begegneten, sich vereinigten und verschmolzen. Dort oben, ganz nah dem Himmel, küsste ER Pauline.

* * *

Ediths Leben war zu einem jähen Ende gekommen. Von einem Tag auf den anderen war zerstört, was Wochen und Monate gebraucht hatte, um sich zu entwickeln. Edith hatte wieder begonnen zu leben, um alles, was dieses neue Leben verheißungsvoll versprochen hatte, innerhalb weniger Minuten zu begraben. Eigentlich war alles ganz schnell gegangen, dachte sie, als sie zumindest wieder denken konnte. Es war ein schneller Tod gewesen, ohne langes Leiden, ohne Auszehrung, nach einer wundervollen Zeit des Erfülltseins durch das Noch-nicht-Erfülltsein, nach einer Zeit des Sehnens und Hoffens, nach einer Zeit, in der aus der Sehnsucht ein realer Wunsch nach mehr geworden war, von dessen Verwirklichung sie sich nur noch wenig entfernt gewähnt hatte.

Aber es war anders gekommen. So, wie das letzte Mal, als sie geliebt hatte, war es anders gekommen. Und doch war beides Mal eines gleich: Das jähe, unvorhergesehene Ende im völlig falschen Augenblick. Und die Folgen waren die gleichen, nur, dass Edith dieses Mal noch tiefer fiel, es noch mehr schmerzte und sie damit jegliche Hoffnung auf ein neues Leben aufgab. Der schwarze Schleier hatte sich nicht mehr gehoben und fortan eine undurchdringbare Wand zwischen ihr und der Wirklichkeit gebildet. Es gab das Leben dort draußen, vor ihr, hinter ihr und um sie herum, aber an diesem Leben hatte sie keinen Anteil mehr.

Pauline.

Beim Anblick, wie sie in jenem blutroten Kleid mit langsamen Schritten, sich ihrer Wirkung bewusst, die Treppe hinunter schritt, hatte Edith zuerst befürchtet, sie habe eine Erscheinung, sie sähe ein Trugbild dort auf den Stufen. Pauline. Mit allem hätte sie gerechnet, nur nicht mit ihr. Doch als Pauline IHN begrüßte, als die Vertrautheit zwischen den beiden Wirklichkeit und Pauline lebendig wurde, wusste Edith, dass sie verloren hatte. Zum zweiten Mal. Sie hatte Pauline verloren, vor langer Zeit, und sie hatte nun auch IHN verloren, die einzigen Menschen in ihrem Leben, die sie geliebt hatte und durch die sie erlebt hatte, was Lebendigkeit bedeutete. Doch dass sie IHN ausgerechnet an Pauline verlor, das erfüllte sie mit Wut. Zum ersten Mal in ihrem Leben empfand Edith Wut. Wut als ein Ergebnis von Enttäuschung und nagender, verzehrender Eifersucht. Sie war eifersüchtig auf beide. Pauline hatte ihr IHN weggenommen, aber ER hatte Pauline bekommen, ihre Aufmerksamkeit und Zuwendung, ihre Nähe und ihre Liebe, all das, was einmal ihr gehört hatte. Nun hatte sie gar nichts mehr.

* * *

Jahre vergingen.

Edith war geflohen, in eine andere Stadt, irgendeine Stadt, in der es sich gut sterben ließ. Dort lebte sie zurückgezogen hinter dem schwarzen Schleier, der ein wenig Durchblick gewährte, aber keinen Blick auf sie zuließ. Niemand konnte durch den Schleier hindurch sehen, und das, was sie selbst noch sehen konnte, war von Bitterkeit grau gefärbt. Doch Edith konnte nicht nur nicht leben, sie konnte auch nicht sterben. Sie musste erkennen, dass das Leben etwas Gnadenloses hatte, wenn es darum ging, sich selbst zu erhalten. Das Leben ließ sie nicht los. Es ließ sie nicht zur Ruhe kommen. Und schließlich unternahm das Leben noch einen weiteren, letzten und völlig unerwarteten Versuch, um Edith vom Sterben abzuhalten.

An einer Litfaß-Säule entdeckte Edith ein Plakat, auf dem eine Autoren-Lesung angekündigt wurde. Ungläubig starrte sie auf das Foto des Autors. Ein bekanntes Gesicht lächelte ihr entgegen, etwas älter zwar, etwas reifer und irgendwie auch etwas scheuer, aber es war SEIN Gesicht, es war ER.

Edith blieb wie angewurzelt stehen und starrte auf das Bild. ER. Sie fühlte, wie ihr Herz sich verkrampfte und wie sie seinen Anblick kaum ertrug. Es tat wieder weh, es tat noch immer weh. Und Schmerz war ein untrügliches Zeichen für Lebendigkeit. Was schmerzte, lebte noch. Das Leben hatte kein Erbarmen mit ihr. Edith stand vor der Litfaß-Säule und weinte. Sie hasste dieses Leben so sehr, es wollte ihr keine Ruhe lassen. Tränen liefen ihr übers Gesicht und sein Bild verschwamm. Edith wandte sich ab und ging nach Hause.

Doch die Hartnäckigkeit des Lebens darf nicht unterschätzt werden. Überall begegnete ihr fortan sein Bild. Überall sah sie die kleinen Plakate hängen, wohin sie auch sah und ER verfolgte sie bis nach Hause in den Schlaf. Alte Bilder stiegen in ihr hoch, neue kamen hinzu. Nirgends war sie mehr sicher. Verfolgt von inneren und äußeren Bildern und einer immer lauter werdenden Stimme in ihr, rang sich Edith zu einer Entscheidung durch. Grauer werden konnte ihr Leben, oder das, was davon übrig war, nicht. Sterben konnte sie auch nicht. Vielleicht würde dieser letzte Weg einen Ausweg bieten, in die eine oder in die andere Richtung. Das war Edith gleichgültig, zumal sie ohnehin nicht daran glaubte, wieder ins Leben zurück zu finden. So würde dieser Weg vielleicht wenigstens das Bisherige zu einem befriedigenden Ende führen. ER war Autor geworden.

Edith wusste, was sie zu tun hatte.

* * *

»Ist die Geschichte fertig?«

»Ich weiß nicht wie sie enden soll.«

»Sie sind der Autor, Sie müssen ein passendes Ende finden ... Waren Sie glücklich mit ihr?«

»Wie waren nicht zusammen«, seufzte ich, »es war nicht so wie Sie denken.«

Sie sah mich verständnislos an.

»Sie war hinreißend«, murmelte ich, »hinreißend und begehrenswert.«

»Sprechen Sie weiter«, drängte sie.

Ich zögerte ehe ich weitersprach: »Ja, ich habe sie begehrt ... Mein Gott, wie ich sie begehrt habe! Ich hätte alles für sie getan, alles um sie zu bekommen, alles um sie zu behalten.« Ich wich ihrem Blick aus und schaute zu Boden.

»Und«, fragte sie, »wie ging es weiter?«

Sie wusste, dass sie mich quälte mit ihren Fragen. Dies gehörte zu ihrer Geschichte und zu der Geschichte, die ich geschrieben hatte, zu der Geschichte, die unsere Geschichte geworden war.

»Sie hat mich hingehalten und das Feuer in mir geschürt, bis es mich fast verbrannt hat. Das Feuer der Leidenschaft, es machte mich fast wahnsinnig vor Begehren. Aber sie hat es nie gelöscht.«

Sie nickte gedankenverloren.

»Sie ist einfach weggegangen«, fuhr ich fort »und ich blieb mit diesem Feuer in mir zurück.«

Nie zuvor hatte ich mit einem Menschen darüber gesprochen. Mehr als zwanzig Jahre lang hatte ich versucht, diesen Teil meiner Geschichte zu vergessen. Nun stocherte jemand darin herum, jemand, der Teil dieser Geschichte war.

»Ich habe dich geliebt«, flüsterte sie und wandte den Blick von mir ab. »Ich habe dich geliebt und begehrt. Ich kenne dieses Gefühl. Du warst der erste, der erste Mensch nach ihr, der dieses Begehren wieder in mir entfachte.« Sie stockte. »Auch in mir brannte ein Feuer. Ein wunderbares, warmes, helles Feuer.«

Ich wagte nicht sie anzusehen, als sie weitersprach.

»Es fühlte sich so gut an, diese Wärme in mir. Aber du hast das Feuer nicht gelöscht. Ebenso wenig wie sie es damals gelöscht hat. Das Feuer brannte herunter und hat mich vernichtet. Es hat mich ausgebrannt und es blieb nichts übrig außer kalter Asche.«

Ich seufzte. Ich wusste nicht was ich sagen sollte. Ich fühlte mich unbehaglich, aber sie erwartete eine Antwort, auf die sie über zwei Jahrzehnte gewartet hatte.

»Es war eine schöne Zeit gewesen damals«, begann ich vorsichtig, »unsere Treffen im Café Boulevard, unsere Gespräche. Ich hatte begonnen, die Welt mit ganz anderen Augen zu sehen.« Ich lachte. »Weiß du noch, wie du mir erklärt hast, was du durch das kleine »o« beobachten konntest? Ich war fasziniert. Das war inspirierend, wirklich!«

Sie schaute mich an und schwieg.

»Und die Sache mit dem Namen«, fuhr ich fort, »das war auch sehr geheimnisvoll. Eurydike... ich hatte begonnen, mich in dich zu verlieben.« Ich schluckte. Mein Hals war trocken. War es das, was sie hören wollte?

»Du hast begonnen, dich in mich zu verlieben ... bis sie auftauchte.«

Ich konnte nichts sagen. Alles, was ich hätte sagen können, wäre falsch gewesen. Falsch in diesem Augenblick.

»Es hat so weh getan«, sagte sie bitter.

»Edith«, ich holte tief Luft, »jetzt, wo ich deinen Namen weiß, möchte ich dich wenigstens dieses eine Mal so nennen. Edith, du warst ein wundervolles Mädchen. Ein bisschen scheu, zurückhaltend, aber geistreich und anregend und ich fing wirklich an dich aufregend zu finden. Anders aufregend als Pauline.« Einmal ausgesprochen war es nicht mehr zurück zu nehmen. Ich machte eine kurze Pause. »Edith, ich weiß nun was du gelitten hast. Aber auch ich habe Höllenqualen gelitten. Einmal, als Pauline gegangen ist. Das zweite Mal, als ich diese Geschichte geschrieben habe und anfing zu begreifen, dass ich ein Teil dieser Geschichte war und bin. Ich wusste nicht, was ich dir angetan habe. Es tut mir sehr leid!«

»*Sie* hat es mir angetan. Im Grunde war es *sie*. Und sie hat dich ebenfalls leiden lassen«, sagte Edith. »Als ich dich bat diese Geschichte zu schreiben, wollte ich, dass du weißt, was damals wirklich geschehen ist. Ich hätte anders niemals Ruhe finden können.«

»Und geht es dir jetzt besser? Wirst du jetzt Ruhe finden?«

»Ich weiß es nicht«, erwiderte Edith. »Pauline hat so viel Unglück hinterlassen. Ich habe sie geliebt, ich habe dich geliebt, du hast sie geliebt und mich … gemocht, aber sie hat alles zerstört, alles! … Sie hat dich mir weggenommen, meine einzige Chance, das einzige Feuer, das nach der Zeit mit ihr in mir je brannte und sie hat mein Leben damit zerstört. Ich habe schon lange aufgehört zu leben.«

Ich erschrak ob der Heftigkeit, mit der sie die Worte hervorstieß. Aber gleichzeitig begann ich zu verstehen. Wochen und Monate hatte ich an dem Manuskript gesessen, hatte Paulines Tagebuch gelesen, ohne dass ich wusste, wessen Tagebuch ich las. Ich hatte Ediths Aufzeichnungen gelesen, ohne dass ich wusste, dass dies die gleiche Frau war, die ich im Theatercafé zwei Jahrzehnte zuvor kennen gelernt hatte. Und mit jeder Seite, die ich aus all dem Stoff, der mir vorlag, zu dieser Geschichte verarbeitete, dämmerte es mir langsam, dass ich selbst Teil der Geschichte war. Ich schrieb über mich selbst, über jenen jungen Theaterkritiker, der liebte ohne zu ahnen und der geliebt wurde ohne zu ahnen. Der weiterlebte ohne zu ahnen. Jetzt, von Angesicht zu Angesicht mit Edith, jener zarten und zerbrechlichen, hingebungsvollen jungen Frau, die zwei Mal geliebt hatte und zwei Mal enttäuscht worden war, nun begann ich tatsächlich zu verstehen. Ich verstand Edith. Aber vor allem verstand ich Pauline. Endlich.

»Pauline wollte uns eine Botschaft vermitteln«, sagte ich leise. »Pauline lebte für die Liebe, die unerfüllte Liebe. Die Liebe, die Hoffnung und Sehnsucht bedeutet, aber ohne Erfüllung bleibt. Pauline wusste, dass die Liebe, sobald sie sich erfüllt, nicht mehr die gleiche ist, dass sie sich auflöst, sobald sie wirklich wird. Ein Traumprinz, auf den man wartet, bleibt ein Traumprinz. Aber in der Wirklichkeit gibt es keine Traumprinzen. Pauline wollte nicht, dass du sie liebst, sondern dass du die Sehnsucht in dir kennen lernst.«

Edith sah mich lange schweigend an.

»Und du?«, fragte sich schließlich, »wie war es bei dir?«

»Und auch ich habe Pauline falsch verstanden. Eigentlich wollte sie uns zeigen, wie schön die Sehnsucht, wie schön das Warten auf die Erfüllung ist. Aber wir haben einen entscheidenden Fehler gemacht: Wir waren enttäuscht. Wir mussten enttäuscht werden, weil wir etwas erwartet und Erfüllung gesucht haben. Wer haben will und nicht bekommt, ist zwangsläufig enttäuscht. Wir waren schlechte Schüler, Edith. Aber sie war eine brillante Lehrerin. Wir haben den Duft des Feuers nicht genießen können, sondern sind am Rauch erstickt, weil wir ihm zu nah gekommen sind.«

Eine Weile sagte keiner von uns beiden etwas.

»Und wie geht die Geschichte zu Ende? Was hast du für ein Ende gefunden?«

»Keines. Noch keines«, antwortete ich, »aber muss ich denn eines finden?«

Zum ersten Mal lächelte Edith und ihr Blick wurde lebendig. Sie erhob sich zum Gehen. Ich wollte ihr die Geschichte reichen, aber sie winkte ab. »Behalte sie«, sagte sie, »mach damit, was du willst. Wichtig war, dass du sie geschrieben hast. Alles andere spielt keine Rolle mehr.«

»Ist das dein Ende der Geschichte?«

»Von dieser, ja«, schmunzelte sie, »aber genau in diesem Augenblick beginnt eine neue Geschichte.«

Ihr Lächeln steckte mich an. Ich erhob mich ebenfalls und ergriff ihre Hände.

»So sind wir offensichtlich doch noch gute Schüler geworden, Eurydike… ich glaube, wir sind beide schon mitten drin in einer neuen Geschichte.«

* * *

Von Christine Bernauer-Keller sind außerdem folgende Bücher erschienen:

»Wo bitte geht's denn hier zum Himmel?«
Nicht ganz alltägliche Geschichten für große und kleine Erdlinge

Zärtlich und unaufdringlich, jedoch mit viel außergewöhnlichem Beobachtungsvermögen und feinsinnigem Gespür für leise Töne, gestaltet die Autorin in ihren Märchen, Geschichten und Gedichten Glückhaftes und Bedenkliches, Pädagogisches, Christliches und zutiefst Trostvolles. Ebenso wie Briefträger Jakob den Weg zum Himmel sucht, sucht ihn jeder jeden Tag, um am Ende zu erkennen, dass der Weg dorthin gar nicht so weit ist, öffneten wir nur die Augen.
Ein Buch vom Suchen und Finden für Kinder und Erwachsene.

141 Seiten, brosch., 2001 Egelsbach, 9,40 €,
ISBN: 978-3-9809053-1-2

Rondo familioso für ein Sextett
oder Warum kein Meister vom Himmel fällt

Rondo familioso – der Name steht für ein ebenso gewöhnliches wie ungewöhnliches Musikstück, das zugeschnitten ist auf ein hervorragend eingespieltes Sextett, eine ganz normale Familie. Aus der Sicht der Ehefrau und Mutter beschreibt die Autorin sehr lebendig und erfrischend humorvoll das Mit- und Durcheinander des familiären Alltags, ganz so, wie er eben ist, wobei auch jedes der anderen fünf Familienmitglieder zu Wort kommt.

»Eine Liebeserklärung an die Familie .... mit viel Einfühlungsvermögen und hintergründigen Erkenntnissen ...«
(Der Rotarier 5/2007)

183 Seiten, brosch., 2002 Egelsbach, 9,90 €,
ISBN: 978-3-9809053-2-9

Wer ist Johann Bleibtreu?
Novelle

Die wohlgeordnete Welt des Professor Bleibtreu gerät ins Wanken, als er zu einer Tagung an den Fuß der Zugspitze reist, wo er einen Vortrag halten soll. Herausgerissen aus dem strukturierten Einerlei seines Berufsalltags und der neurotischen Beziehung zu einem Rückenakt in seinem Arbeitszimmer, wird die Reise zu einer völlig unerwarteten Entdeckungsreise ins eigene ICH.
»Spannend ist es, das Scheitern des Professors zu verfolgen. Die Sprache fesselt den Leser ebenso wie die Geschichte, die unvorhergesehen, aber offen, endet.« (Die Rheinpfalz)

132 Seiten, brosch., Dahn 2003, 9,90 €,
ISBN: 978-3-9809053-0-5

Was Du willst
Erzählung

Eine Frau kehrt zurück. Sie wollte ihre Vergangenheit hinter sich lassen. Sie wollte vergessen. Aber das Vergangene holt sie wider Erwarten ein und macht sie zum hilflosen Zuschauer ihres eigenen tragischen Lebensfilms.

»Bereits nach den ersten Seiten fragt sich der Leser, was denn noch alles passieren muss, bis die Ehefrau begreift, dass Liebe nicht Selbstaufgabe bedeuten kann...« (Die Rheinpfalz)

88 Seiten, brosch., 2008 Norderstedt, 7,90 €,
ISBN: 978-3-8370-3226-0

Alle Bücher sind beziehbar über die Autorin:

Christine Bernauer-Keller, Felsenstraße 10, 66994 Dahn,
christine_bernauerkeller@yahoo.de,
den Buchhandel und online-Buchhandel.